EVERY
LITTLE
THING

エブリ リトル シング

夏休みのキセキ

大村あつし

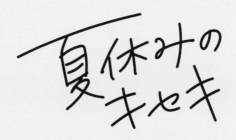

エブリ　リトル　シング

夏休みのキセキ

目次

カブトムシと少年（小学生の夏休み）　5
ランチボックス（中学生の夏休み）　15
アフター・ザ・プロム（高校生の夏休み）　53
彼女はいつもハーティーに（大学生の夏休み）　87
ビジネスカード（ビジネスパーソンの夏休み）　151
ボクはクスリ指（新婚夫婦の夏休み）　201
後日譚
100万回生きた犬　215
二つの海がトラブルだった　231

出版プロデュース　中野健彦（booklinkage）
デザイン& DTP　村岡志津加（Studio Zucca）
カバーイラスト　chooco
本文イラスト　藤本たみこ
校正　生井純子
編集担当　池上直哉

カブトムシと少年

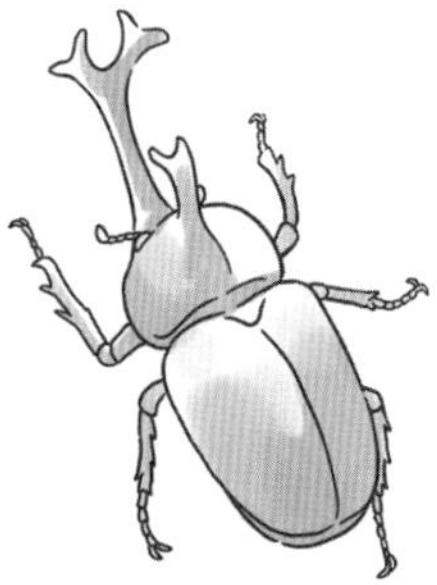

八月のとある日、デパートの昆虫売り場。

熱心にカブトムシを見ていた少年が、昆虫のエサを商品棚に並べていた店員に問いかけます。

「すみませーん」

「うん？　なんだい、坊や。あ、カブトムシかい」

店員はエサを持ったまま駆けつけます。

「うん、そうなんだけど……。ねぇ、おじさん。カブトムシの値段ってどうやって決めてるの？」

「値段？」

「うん、値段」

「そうだねー。やっぱり体の大きさとか、ツノの形かな。体が大きかったり、ツノがかっこよかったりすると値段が高くなるんだよ」

すると、それを聞いた少年が不思議そうにいいました。

「ふーん。でもそれだったらおかしいよ」

「おかしいってなにが？」

「だって、向こうのかごに入ってるカブトムシは全部一匹3000円でしょ。

それなのに、なんでこのカブトムシはこんなに安いの？　体だって大きいし……。それにツノだってかっこいいよ」

そう少年が指差したカブトムシのかごには「３００円」と値札が貼られています。

「それに、ほかのかごにはたくさんカブトムシがいるのに、このかごだけ二匹しかいないけど……。安いからたくさん売れちゃったの？」

小首をかしげる少年を見て、店員は、またか、と心の中でため息をつきました。

「違うよ、坊や。よーく、この二匹のカブトムシを見てごらん。どちらも足が五本しかないだろう」

「え？」

少年は目を皿のようにしてカブトムシの足の数を数え始めます。

「一本、二本……。ホントだ、五本だ。こっちのカブトムシもそうなの？　一本、二本……。こっちも五本だ」

五本足のカブトムシに驚いたのでしょうか。少年は黙りこんでしまいました。

「かわいそうだけど、このかごのカブトムシはどっちも足が一本折れちゃってるんだ。乱暴に捕まえると、時々こうして足が折れちゃうんだ」

少年はなにも答えずに、しかし、目をそらすまいとするかのようにカブトムシを見つめ続けています。一方、気の重い種明かしを終えて心が楽になったのか、店員の口は少し軽《かろ》やかになりました。

「まあ、だけどそれも運命かな。それよりも、足がないカブトムシなんて人気もないし、ただじゃまなだけだよ。実際、こんなに安いのに、昨日からだれも買おうとしないしね」

店内はカブトムシの羽音《はおと》が聞こえそうなほどの静けさに包まれましたが、やがて、ずっとくちびるをかんでいた少年が口を開きました。

「よし、決めた。おじさん、ボク、このカブトムシを買います」

「え？　この足がないやつをかい？」

「足がないって、ちゃんと五本もあるでしょ」

少年のその真剣なまなざしに店員は一瞬たじろぎましたが、すぐにある疑問が頭をよぎりました。

「坊やがそういうならおじさんも無理には止めないけど、ひょっとして坊や、おこづかいが足りないの？」

「ううん。今、5000円持ってるよ」

店員はその答えに安心すると、大きな笑い声を発しました。

「ハハハ。それなら坊や、こんなカブトムシはやめて、向こうのちゃんとしたカブトムシにしよう」

「ちゃんとしたカブトムシ？」

「うん、向こうの普通のカブトムシを見に行こう。おじさんが説明してあげるから。あ、それから、このカブトムシがそんなに気に入ったのなら、あっちのカブトムシを買ってくれたらただにするから一緒に持って帰りなさい。どうせ、だれも買わないんだから」

そういうと、店員は少年の手を取って3000円のカブトムシのかごに向かって歩き出しました。ところが、店員に手を引かれた少年は、五本足のカブトムシに未練があるかのようにその場を動こうとはしません。

「ちょ、ちょっと待って、おじさん！」

少年は叫びましたが、足はついに床からはがれることはなく、その場に転んでしまいました。

カキン。

金属音が鳴りひびきます。

「なんだ、今の音は？」

店員はすばやく店内を見わたして、自分と少年しかいないことを確かめると、振り向いて少年にあやまりました。

「ごめんよ、坊や。大丈夫かい」

少年はコクリとうなずきます。

「よかった。それから、今、なにか音がしなかったかい？　金属バットみたいな音」

すると、少年はすっくと立ち上がり、ズボンの右足のすそをまくり上げながらいいました。

「それはこの音だよ」

音の正体を見た店員は、驚きのあまり顔をこわばらせました。

「坊や、その足は……」

「うん、義足《ぎそく》だよ。色が肌の色と同じだから、ちょっと見ただけじゃわからないでしょう？」

「ぎ、義足……」

「ボク、二年生のときに事故で右足がなくなっちゃったんだ。それから、ずっとこの義足が足がわりってわけ」

店員は、必死にことばを探しますが見つかりません。

「でもおじさん。確かにボクは右足がないけど、自分がちゃんとしてないとか、普通じゃない、なんて思ったことは一度もないよ。そりゃ、友だちみたいに走ったりできないし、それにサッカーだってやりたいけど……。だけどね、ボク、これでも歩いて学校に通ってるんだ」

「へえ。ど、どのくらい歩いてるの？」

店員がやっと見つけたことばでした。

「一キロだよ。あ、それからおじさん。足のないカブトムシは人気がないっていってたけど、ボク、一学期は学級委員長だったんだよ。選挙で選ばれたんだ。クラスではけっこう人気者なんだから」

「………」

「ねぇ、おじさん。聞いてるの？」

「あ、あぁ。もちろん聞いてるさ。坊や、学級委員長なんてすごいじゃないか」

「でしょ。それよりちょっと考えてみてよ。ボクなんか二本のうち一本しか足がないのに、このカブトムシは六本のうち五本も残ってるでしょ。もし、ヒトの足が三倍の六本ならボクの足の数は三倍して三本ってことになるけど、このカブトムシは五本だよ。このカブトムシのほうが数が大きいんだよ。ボクは六分の三、カブトムシは六分の五だもん。これ、通分《つうぶん》っていうんだ」

そういうと、少年は本当に嬉しそうにほほえみました。

「通分……。思い出した。おじさんも坊やくらいのときにそんなこと習ったよ。坊や、算数が好きなのかい？」

「うん、大好き！　将来はノーベル賞を取るんだ」

「それはでっかい夢だなー」

「それにさ、体も大きいし、ツノだって3000円のカブトムシよりずっとかっこいいじゃん。ね、だからボク、やっぱりこのカブトムシにするよ！」

興奮する少年に、落ち着きを取り戻した店員も負けじと高い声で応じました。

「そうか！　坊やがそういうなら、このカブトムシにしようか！」

「うん！」

「どうする、坊や。二匹持っていくかい？」

「うーん……」

少年は、考えこむ顔をしたあと口を開きました。

「一匹でいいです」


店員は、五本足のカブトムシをてぎわよく箱に入れて、お釣りの４７００円と一緒に少年に手わたしました。と同時に、さっきまで手にしていたエサに目を落とします。

「そうだ、坊や。このエサはサービスするよ」

「サービス？」

「そう、ただであげるってこと」

「ホント⁉　なんかもうかっちゃった。でも、このエサ、７００円って書いてあるよ。カブトムシよりも高いのに」

「いや。これはお礼だよ。坊やが大切なことを教えてくれたから」

「大切なこと？　それって通分のこと？」

「通分？　う、うん。まあ、そうかな。ハハハ」

照れ笑いを浮かべる店員に別れを告げて、少年は五本足のカブトムシと去って行きます。店員は、違和感なく堂々と歩く、そんな少年の後ろ姿を目で追い続けました。

そして、少年の背中が視界から消えたあと、一匹だけ残ったカブトムシのかごに近づき、「300円」の値札に「0」を一つ付け加えたのでした。

ランチボックス

1

「私の家は靴脱ぎ場が広いの。要は、玄関の扉が邪魔にならないから、押して開ける造りにしたってパパが言ってた。これって洋風なんだって。菜々美《ななみ》の家の玄関は？　押すの？　それとも前に引く和風造り？」

亜紀《あき》の質問に菜々美はなにも答えなかった。胸をえぐられるような圧迫感に抗《あらが》うことで精一杯だった。教室で席が隣同士になった二人の間に友情が芽生えた今年の春、初めて菜々美が亜紀の家を訪ねたときの出来事だ。


そして今、菜々美の横で、くだんの玄関の重厚な扉を押しながら、亜紀が弾けるように帰宅を告げている。

「ただいまー。あー、お腹空いたー」

すぐさま、その声を聞きつけた亜紀の母親が玄関に姿を現した。スリッパの音をさせない上品な歩き方が相応な女性だ。

「亜紀、お帰り。菜々美ちゃん、いらっしゃい。それより、亜紀。玄関を開けるなり、『あー、お腹空いたー』はないでしょう。菜々美ちゃんに笑われるわよ」

　亜紀の母親は言葉では呆れてみせているが、その美しい顔には温かい笑みをたたえている。

菜々美は彼女に頭を下げた。

「こんばんは、おばさん」

　亜紀の母親の背後には、赤いカーペットが敷かれた廊下が長くのびている。菜々美にはよくわからないが、いかにも高そうなオブジェが方々に鎮座している。天井を見上げると、同級生のヨシオが英語の時間に「シンデレラ」と発音してみんなの爆笑を誘ったシャンデリアがその存在を誇示している。

〈いつ見ても高い天井ね。なんか、この空間にもう一部屋作れそう〉

　菜々美が胸中で呟いていると、靴を脱ぎながら亜紀が母親に尋ねた。

「パパは？」

「もう帰ってるわよ。だから、今日も四人で食事にしましょうね。さあ、菜々美ちゃんもお上がりなさい」

　亜紀の母親は、もてなしの微笑みを唇に含ませながらフカフカのスリッパを差し出した。

「ありがとう、おばさん。お邪魔します」

　しかし、菜々美の声に亜紀のスリッパが発する乱雑な音がかぶる。

「ただいまー、パパー」

「こら、亜紀。パタパタしないの。静かに歩きなさい」

亜紀の母親と菜々美は、目を見合わせると思わずクスッと声を漏らした。と同時に、菜々美はフッとため息をついた。

〈亜紀のお父さん、いつもこの時間には帰宅してる。それに、いつも出してくれるこのスリッパ。これだけでも洋服が買えそう。亜紀のお父さん、仕事はなにをしてるんだろう？　毎日、こんなに早く仕事が終わるのに、なぜこんな立派な家が建てられたのかな？〉


塾が終わると、菜々美は亜紀の家に立ち寄り、亜紀の家族の厚意に甘えて夕食をご馳走になる。広々としたダイニングキッチン。リビングにもテレビがあるのに、このキッチンにもテレビが置かれている。しかも、菜々美の家のそれよりも大きな代物だ。もっとも、菜々美がこの家に立ち寄るようになってからは単なる置き物と化していたが。

「娘がもう一人増えたみたいで、おじさん、本当に嬉しいよ」

目尻を下げる夫のグラスにワインを注ぎながら、その妻はこっそりと菜々美にウインクを投げて微笑んだ。その後の展開が予想できているからだ。

「ちょっと待って。ってことは、娘が私一人じゃ不満なわけ？」

亜紀はナイフを喉元に向けた。

「いいわ。私なんか死んでやる！　アーン。……。なんてね」

亜紀は、嘘泣きをすると赤い舌を出した。

テレビの黒い画面に楽しげに笑う四人の姿が映し出される。この弾む会話を聞けば、テレビも自分の役目は終わったと観念しているに違いない。否《いな》、この家では単なるお荷物でも、この大きさのテレビなら欲しい人はいくらでもいる。現に、ここにも一人。

「ご馳走さま。ねえ、菜々美。私の部屋に行こう」

そう言って二階に上がろうとする亜紀を母親が呼び止めた。

「亜紀、お弁当箱出しなさい。食器と一緒に洗っちゃうから。もう、毎日同じことを言わせないの」

「あ、そうだった」

亜紀が学生カバンの中で弁当箱を手探りしている間、菜々美は大きな食器洗浄機を見詰めていた。

「はい、ママ。お弁当箱」

亜紀の母親はそれを受け取ると、食器と一緒に洗浄機にセットした。

「おばさん、ご馳走さまでした」

「お粗末さま」

やがて、食器洗浄機が静かに唸り始めた。


二階の部屋に移ると、亜紀はベッドに学生カバンを無造作に放った。二人が余裕で横になれる広さのベッド。大きいのはそれだけではない。机だって二人並んで座ってもまだゆとりがある横幅だ。二つもある洋服ダンスは、量販店で目にするものとは格調が違う。

「あ、そうだ」

思い出したように呟くと、亜紀はそのタンスを開けて中から洋服を取り出した。

「ねえ、菜々美。私、これもう着ないからあげようか?」

一瞬、菜々美の視線はその洋服に固定された。頭の中にある肯定的な返事が出番を待っている。しかし、それは喉元につかえ、別の言葉が発せられた。

「それ、捨てちゃうの?」

「そうだね。菜々美が、いらない、って言うなら捨てちゃうけど。どうする? 欲しい?」

菜々美は、洋服と床の間で二回視線を往復させたあと、無言で頭を横に振った。

2

「じゃあ、亜紀。また明日ね」

菜々美は、亜紀に別れを告げて帰宅の途についた。

自宅に着いた菜々美は、グルグルと回して鍵を開けると、立て付けの悪い扉を横に滑らせて玄関を開けた。

「まったく。玄関は押すか引くかの二種類だけじゃないよ。こんな扉、亜紀は教室でしか見たことがないんだろうな」

不満の溶けた吐息を漏らしながら、菜々美は真っ先に自分の部屋に向かう。ワックスをかけてもこうはならないほどにツルツルにてかった廊下をほんの数歩進み、玄関以上に立て付けの悪い扉を横に引く。すると、擦り切れた畳、六歳のときに買ってもらった低い学習机、そして小さなタンスだけが目に飛び込んでくる。万年床にならないように布団は押入れにきちんと収納してある。

菜々美は、セーラー服から部屋着に着替えると、学生カバンからピンクの布に包まれた弁当箱を取り出し、玄関横の小さな台所に向かった。蛇口から水を出し、洗剤で几帳面に弁当箱を洗い、布巾《ふきん》で水気を拭う。

時刻は九時を回っている。だが、課題はまだ山積みだ。部屋に戻った菜々美は、両肩を二度回して自分に活を入れると、机に向かって参考書とノートを広げた。


それから、時計の長針が三周した。

「よし、今日はここまで。さて、お風呂に入ろうっと」

十五歳の年頃の女の子。入浴にはたっぷりと時間をかける。風呂から上がりパジャマに着替えると、時計の針は一時を指していた。

「そろそろね」

菜々美が予言者のごとく呟いた瞬間だった。もちろん、菜々美が予言者のはずはない。父親は、判で押したようにこの時刻に帰宅する。

玄関がガラガラと閉まる音を聞きながら、菜々美は冷蔵庫からキンキンに冷えた缶ビールを取り出した。

「ただいま」

父親は、作業着を着替える手間も惜しんで疲れはてた体を椅子に投げ出した。体躯《たいく》のいい男を受け止めた椅子が壊れそうにきしむ。

プシュ。

「お父さん、お帰りなさい。はい、ビール」

「おー、サンキュー」

そう言うが早いか、父親はゴッゴッの右手でビールを受け取ると、ゴク、ゴクっと喉仏を揺らしながらビールを流し込んだ。

「プハー。やっぱりビールは人類最大の発明だ。これを考えた人にノーベル賞をあげたいよ」

これまた判で押したようなセリフに、菜々美は思わず笑みをこぼしながら、いつものとどめのセリフを待つ。

「菜々美。もう一時過ぎだぞ。頑張るのはいいけど、早く寝なさい」

だが、そう促しながらも、父親は愛娘《まなむすめ》との束の間の時間を慈しむように、菜々美が無邪気に話す姿に目を細めている。菜々美は、その日の学校や塾での出来事を余すところなく父親に話す。ただ一つ、亜紀の家のことを除いては――。

菜々美が話をやめるのは、父親が二本目のビールに取りかかるとき。冷蔵庫を覗き込む父親に菜々美が言った。

「じゃあ、お父さん、おやすみなさい。お父さんも早く寝てね」

「ああ。これを飲んだら風呂に入って寝るよ」

言って、父親が缶ビールをかざす。

「本当は、シャワーがあればパッパッと汗を流せるんだけどな」

「お父さん、湯船につかるの嫌いだもんね。私はバスタブを考えた人にノーベル賞をあげたいくらいなのに」

大人びた菜々美の切り返しに、父親は思わず白い歯をこぼした。


――これが、今の菜々美の日常――


中学生活最後の夏休み。目指すは、その地区では有名な進学校のラ・ベルザ学園。受験を半年後に控えた菜々美は、昼は学校で補習授業、夕方は塾、帰宅したら自習と、最後の追い込みをかけていた。

朝は一分でも長く寝ていたい。猛烈な睡魔との闘いだ。それでも、セーラー服姿の自分を鏡に映し、時間をかけて髪の毛をとかす。朝食は省けても、この身だしなみだけは絶対に譲れない。だからこその十五歳の年頃の女の子。

「よし、決まったね」

菜々美は鏡の中の自分に語りかけると、まだ夢の中の父親を起こさないように、こっそりと家を出る。しかし、そんな気配りも水泡に帰すほどの騒音と振動を玄関が発する。思わず睨みつけたくなるが、それでも父親は泥のように眠っている。

3

「ご馳走さま」

箸を置くと、純也《じゅんや》は新妻に満面の笑顔を向けた。その幸福に満ちた笑みを受け止めると、優《ゆう》子《こ》は青い布で包んだ弁当箱を差し出した。

「はい、純也。これ」

「サンキュー。そうだ、優子。今日はウインナーでタコ、作ってくれた？　足は何本？」

「………」

「でも、やっぱり弁当作るの面倒だろう？　早く二学期になって給食にならないかな、なんて思ってない？」

「それは、本音を言えば給食のほうがいいわよ。でも、お弁当を作るのも夏休みの間だけだし」

「ふーん。俺は給食よりもふりかけでハートマークが描《か》かれた弁当のほうがいいな」

「もう、ふざけないで。タコもなければハートマークもないわよ。子どもじゃないんだから甘えないの。純也、もうすぐパパになるのよ」

言いながら優子は視線を落とし、愛《いと》おしむようにお腹の上で手を上下させた。すると、たまらずに純也も相好を崩し、優子のお腹に耳を当てた。

「なにしてるの？」

「え？　遥《はるか》の声を聞いてるんだよ」

「もう。また、遥って。女の子とわかった途端に、私に相談もなく勝手に名前を付けて漢字まで決めちゃうなんて。それより、早く学校に行きなさい。先生が遅刻じゃ洒落《しゃれ》にもならないわ。ましてや、生徒達は夏休み返上で補習を受けに来てるんだから」

「はいはい」

「はい、は一回」

夏休みが終わったらそのまま産休に入り、その後一年間の育児休職を取る優子も、純也に負けず劣らずすっかり母親気分なのか、子どもをたしなめるように夫の不作法を注意した。

「産休と育児休職か。なんか、羨ましいな」

「それなら出産、私と代わる？」

純也は、テレビドラマの出産シーンを思い浮かべると、苦笑しながら首を横に振った。

「それに、育休は二人で話し合ったことじゃない。私は育児に専念したいから、純也は生まれてくる子どもの分まで頑張ってね」

「うん。わかってる」

言いながら、純也は玄関で優子にキスをした。


――ささやかな、しかし幸せに満ちた純也の日常――

4

学期中は班単位で給食を食べている生徒達も、夏休みの今は、思い思いに弁当を楽しんでいた。参考書片手に一人で食べる者。二人で食べるませた男女。六人の大所帯もある。

その日、純也は自分の机で一人で食べるのはやめて、いつも笑い転げながら弁当を頬張っている女子生徒二人組の横に空いている机を寄せることにした。一緒に弁当を食べながら、せっかくの夏休みに学校で補習を受けている生徒の労をねぎらうのも悪くない。

「菜々美、亜紀。ここ、いいか？」

「わあ、先生！　どうぞ、どうぞ」

亜紀は満面の笑みで純也を迎えたが、菜々美は明らかに困惑した表情を見せた。当然、純也は菜々美のその様子を敏感に察知した。

〈あれ？　菜々美は俺とお昼を食べるの嫌なのかな？　そうか。せっかく亜紀と二人で盛り上がっているのに、確かに俺は邪魔者だよな。野暮なことしちゃったかな……〉

だが、二人の横に机をつけてしまい、さらには亜紀の歓待を受けてしまった以上、もはやその場を去ることは不可能に思えた。純也は、多少の後ろめたさを抱きつつも、今日のところはここにお邪魔しようと腹を決めた。

「よーし、食べるぞ！」

純也は、自分の中に芽生えた気まずさを吹き飛ばさんばかりに大袈裟に弁当箱を机の上に置き、青い布をほどき始めた。すると、亜紀がからかうように尋ねてきた。

「先生、そのお弁当、絶対自分で作ってませんよね」

「なんだよ、亜紀。まあそうだけど、我が家は家事は分担制だから、掃除や洗濯は先生がするんだぞ」

「ふーん。ってことはそのお弁当、『愛妻弁当』ですね」

「亜紀。随分と古い言葉、知ってるな」

「ほーら。となると、ウインナーがタコだったり、ふりかけがハートマークだったりするんだー」

「こらこら、亜紀。馬鹿言うなよ。先生、子どもじゃないんだから、そんな弁当食べられるか」

おちゃらける亜紀の様子を見て、菜々美の表情も幾分柔らかくなった。

〈やれやれ。亜紀が重い空気を一掃してくれたよ。助かった〉

安堵した純也は弁当の蓋を開けた。だが次の瞬間、椅子からずり落ちそうになった。

ウインナーは四本足のタコ。ご飯の上にはふりかけで、どでかいハートマークが描かれている。

あまりのばつの悪さに、純也は反射的に上蓋を閉め、弁当箱を逆さにして下底を開けた。上蓋を底に見立てて、裏面から弁当を食べようという咄嗟の判断だ。これなら、ハートマークを白いご飯が覆う形になって、それを目にすることはできない。あとは、先にウインナーを一気に片付けてしまえばいい。——はずだったが遅かった。亜紀が、上蓋を開けた直後の弁当の表面をしっかりと見ていた。

「あー！　やっぱり愛妻弁当はタコとハートマークだ。先生、私達にのろけたくてここに来たんですかー」

亜紀は、自分の予想が的中したことが嬉しくてたまらないらしく、動揺している純也から弁当箱を取り上げた。

「お、おい。亜紀、よせ」

だが、純也の制止も聞かずに、亜紀は弁当箱の天地を元に戻して、再び上蓋を開けた。

「うーん。このタコ、四本足だ」

「こ、こら。亜紀！」

純也は、どう照れ隠しをしていいのかわからずに、その場凌《しの》ぎに頭をかいた。

〈もう、優子の奴。なんで今日に限ってタコとハートマークなんだよ……〉

「ねえ、菜々美。なんか、急に暑くなった気がしない？」

「え？」

「あ！　この熱気の元は……。先生のこのお弁当だー！　ハハハ」

亜紀が弁当箱を高らかに掲げる。教室中に響き渡った亜紀のその声で、生徒達が次々に集まって来た。

「あー、先生のお弁当、タコがいる」

「先生、ウインナーのタコって……。それ、僕が幼稚園のときのお弁当だよ」

「あれ？　しかも、ご飯の上にあるのはハートマークじゃない？」

「ホントだ！　ということは、すなわち愛⁉　先生、ヒュー、ヒュー！」

収拾のつかない生徒達のはしゃぎぶり。こうなると、純也も反論しないわけにはいかない。

「違うよ。これは、ほら、先生の子どもが生まれたときのための予行演習だよ」

しかし、苦し紛れの嘘は火に油を注ぐだけの結果となった。

「えー、先生の奥さん、お腹に子どもがいるんですか？」

「あ、ああ。妊娠九か月を過ぎたところだよ」

「え！　それは補習どころじゃないぞ。ねえ、先生。子どもってどうやって作るんですか？」

亜紀は、直球の質問を投げたヨシオの頭を思いきり小突いた。シャンデリアを「シンデレラ」と間違える男子だ。子作りの神秘などわかるはずもない。

「いてぇな、亜紀。これって、数学より大事な問題だろ？」

「もう、エッチ！　やめてよ」

「いや、俺も知りたい。精子と卵子の説明ではどうにも納得できない」

タカシはヨシオ以上に真剣だ。タカシといえば、「ＰＡＧＥ」を「パゲ」と発音した伝説の持ち主だ。タカシは、人間の子作りはおろか、精子と卵子を女性の名前と勘違いしていてもなんの不思議もない。

〈やっぱり年頃なんだな、この子達も。フフフ〉

あとは亜紀が騒ぎを収めてくれるだろうと思った純也は、何気なく、亜紀と菜々美の弁当に視線を向けた。二人の弁当は、まだ半分も手が付けられていなかった。純也は、交互に二人の弁当箱を見詰めながら、ふと違和感を覚えた。

色の並び順が逆になった信号機の写真を見て、その間違いを咄嗟に指摘するのは至難の業《わざ》だが、この信号はどことなくおかしいぞ、と奇異な印象を抱いても不思議はない。このときの純也の脳内でも、これと同じ現象が起きていた。

〈なにかがおかしい。でも、なにが？〉

純也は、しばし目を閉じて疑問の解明に努めたが、やがてあきらめて視線を上げた。その先には弁当箱の上蓋を閉めている菜々美の顔があった。

「あれ？　菜々美、食べないのか？　具合でも悪いのか？」

「あ、は、はい。ちょっとお腹が痛くて」

「そうか。午後の補習は大丈夫か？」

「はい。大丈夫です」

そう言うと、菜々美はピンクの布で弁当箱を包んだ。一方の亜紀は、まだヨシオとタカシを両脇に抱えて首を絞め上げている。

「ほら、亜紀。早く食べなさい。昼休み、終わっちゃうぞ。みんなも席に戻りなさい」

純也は生徒達を制し、みんなが自分の席に戻るのを見届けると、亜紀から自分の弁当を取り戻した。もう一度箱をひっくり返し、模様のない裏面から食べようとも思ったが、すでに散々生徒達に話題を提供した弁当だ。今さら取り繕ってもしかたがないと、底を閉めて箱の天地を戻し、普通に上蓋を開けた。当然にして、隠れていたハートマークが現れた。

純也に理解が訪れたのはそれと同時であった。純也は、先ほど覚えた違和感の正体を突き止めた。

〈……。まさか、と思いたい。でも、自分の考えが正しければ説明が付く……〉

昼休みが終わり午後の授業が始まると、先ほどまでの喧騒が嘘のように生徒全員が純也の話に聞き入った。その日の午後の授業は「必要条件」がテーマだった。懸命にノートをとり、わかるまで真剣に質問をする。

〈この子達の未来は無限だ。その芽は絶対に摘んじゃいけない〉

食い入るように自分の説明に耳を傾ける教え子達を見て、純也も彼らに負けじと向き合った。

5

翌朝、いつもより早めに起床した純也は、念押しのために電話をかけた。

「純也……」

受話器を置いた純也に優子が声をかける。

「うん、ゆうべ頼んだとおり、ミノワ先生、一時限目と二時限目の授業は代わってくれるって」

「そう。それはよかった。それより、純也。今日はいらないって言うから……」

優子は、探るように純也の瞳を覗き込んだ。

「今日は、じゃないよ。これから夏休みが終わるまで、ずっといらないよ」

「でも、別に大した手間じゃないし、私も実は結構楽しんでいたりして」

昨日のタコとハートマークを思い出して、純也が独り笑いをする。

「まあ、ちょっと俺にも考えがあってね。とりあえず、俺の思いどおりにさせてよ、優子」

純也は、夫の意図がわからずに怪訝な表情を浮かべている妻の肩にやさしく手を置いた。


その日、純也はいつもより三十分早く自宅を出ると、まず最寄りのコンビニに立ち寄って買い物をした。ところが、次に純也が向かった先は学校ではなかった。

純也は目的の場所に着くと、歩みを止めて軽く周囲の様子をうかがった。そして、十分ほど経過したのち、再び歩き始めた。この道を通るのは五月の家庭訪問以来、二回目のことだ。

しばらく歩くとコンビニが見えてきた。純也はここでも立ち止まったが、三分ほどして前進を再開した。

コンビニから先に二百メートルほど進むと、右手に路地が見えてきた。純也はその角で立ち止まり、顔だけでそっと路地を覗き込んでみた。しばらくその姿勢を保っていたが、思い過ごしであって欲しいとの期待も虚しく、目の前では推測どおりの光景が繰り広げられようとしていた。

〈やっぱり、そうだったか……〉

針で刺されたかのような鋭い痛みが心臓を貫き、思わず下唇を噛みしめた純也だが、やがて決心すると、路地に足を踏み入れた。

「菜々美」

そう呼ばれた少女が声に反応して視線を上げる。彼女の瞳に映るのは、困惑した表情の純也だった。

「先生！」

菜々美は思わず叫ぶと、慌てて両手を後ろに隠して立ち上がった。膝に載せていたピンクの布がひらりと地面に落ちる。

「先生……。どうしてここに……」

菜々美の頬がみるみる朱に染まる。黒目がちの大きな瞳も、まるで意思を伴わない人形のガラス玉のように挙動を止めて、強張《こわば》った体が微動している。

「ごめん、菜々美。驚かすつもりじゃなかったんだ」

純也も、予想以上の菜々美のうろたえぶりに動揺を隠せなかった。

会ってはいけない場所で、会ってはいけないタイミングで二人きりになってしまった純也と菜々美。しばし無言の時間が流れたが、先に言葉を発したのは菜々美だった。

「ひどいな、先生。私のあとをつけてたんですか？」

そう言うと、菜々美は背中に隠した両手と瞼に同時に力を込めた。しかし、瞼は弛緩する一方であった。観念した菜々美は、純也から目線をそらして一度は中空を仰いだが、やがては静かにうつむいた。ピンクの布に一つ、また一つとこぼれ落ちる涙が染みを作る。

「菜々美、ごめんな。先生、悪気はなかったんだ。だけど、どうしても菜々美と話したくて」

それでも染みは膨張をやめようとはしない。

「なあ、菜々美。今日は少し授業をサボっちゃわないか？」

「………」

「大丈夫。先生も一緒にサボるから。なあ、一緒にコーヒーでも飲もうか」

〈一緒にサボる？〉

担任の予想外の一言で、思うに任せなかった瞼の筋力を知覚した菜々美は、目をしばたたかせ、上目がちに純也の顔を覗いた。慈愛に満ちた純也のまなざしに、菜々美は首を縦に振った。

「じゃあ、菜々美。その両手に持っているもの、一度置きなさい。それじゃあ、涙も拭けないだろう」

言って、純也はハンカチを差し出した。

背中に回した菜々美の左手には空の弁当箱が、右手にはコンビニ弁当が握られていた。

6

コーヒーショップに着いたときには、菜々美の涙もすっかり乾いていた。セルフサービスの店内で、純也は菜々美に奥の空いている席を確保するように指示を出すと、アイスコーヒーを二つ注文し、トレイの上にガムシロップとミルクを一つずつ載せて菜々美の待つテーブルに向かった。

「お待たせ、菜々美。ほら、菜々美はブラックは飲めないだろう」

言うが早いか、純也は、ガムシロップとミルクをアイスコーヒーに注ぎ、ストローで満遍なくかき混ぜて菜々美に手渡した。

「ちょっと先生。子ども扱いしないでください。私だってブラック……」

「え？　飲めるの？　先生、余計なことしちゃったかな」

「いいえ、飲めません。だって、ブラックコーヒー、苦いんだもん。薬みたい」

「ハハハ。だろう。大丈夫。菜々美も大人になればブラックコーヒーがきっと好きになるよ。ブラックを愛してやまない先生のようにな。ハハハ」

鼻の穴を広げんばかりに息巻く純也の姿に、菜々美は忍び笑いを禁じえずに白い歯を見せた。

「でも、先生。大人のくせに、ウインナーはタコだったじゃないですか。それに、ふりかけはハートマークだったし。それなのに、コーヒーはブラックなんですね」

痛いところを突かれた純也は思わず苦笑したが、そんな彼にかまわずに、菜々美は悪戯《いたずら》っぽく笑窪《えくぼ》を作るとアイスコーヒーを一口すすった。

「おいしい！　それに甘い！」

その無邪気な顔が純也の心を軽くした。

〈よかった。いつもの菜々美だ〉

「でも、先生。どうしてわかったんですか？　私のお弁当がコンビニ弁当だってこと」

「うん？　菜々美の昨日の弁当、あれ、のり弁だろう？」

「あ、はい」

「普通、のりは白いご飯の上に載せるよな。ほら、先生の弁当のハートマークみたいに」

「あ！」

純也の推理に気付いた菜々美が小さく叫ぶ。

「そう。菜々美の弁当は、のりが白いご飯の下敷きになっていた。でも、先にのりを敷いてから、その上からご飯をよそるなんてありえない。だけど、白いご飯の上にのりが敷かれた弁当があって、それをひっくり返して別の弁当箱に詰め替えればのりの上にご飯が載るよな」

菜々美は無言で聞いている。

「じゃあ、菜々美が詰め替えた元々の弁当はなんだったのか。そう推理すると、答えはコンビニ弁当しかないじゃないか」

そこまで聞くと、菜々美はリンゴのように顔を赤くして、寂しげな視線をテーブルに落とした。その様子を見た純也は、慌てて取り繕った。

「どうだ？　先生、探偵になれるだろう？」

その言葉で顔を上げた菜々美は、努めて気丈に振る舞った。

「うん。先生、名探偵コナンみたい」

7

「なあ、菜々美。菜々美のお母さんが亡くなったのはいつだっけ？」

「私が小学六年生のときです」

「そうか。じゃあ、まだ亡くなって三年か。やっぱり、時々思い出すか？　お母さんのこと」

菜々美は、一呼吸置くためにストローでグルグルとアイスコーヒーをかき混ぜ、それから口を開いた。

「もちろん思い出します。だって、あの日、あのバスにさえ乗っていなければ……」

「…………」

「でも、正直、思い出す回数は減ってきました」

「それは、お母さんの死を受け入れられたってこと？」

「それもあると思います。でも、それよりも父が心配なんです。毎晩、深夜まであんな働き方をして大丈夫かなって。確かに、父は人一倍丈夫だけど」

純也は、家庭訪問で一度だけ会った屈強そうな男の姿を頭に描いた。

「ふーん。だけど、菜々美のお父さんの仕事は夜八時頃にはおしまいだろう？　デパートが閉まっちゃうじゃないか。それでもお父さん、そんなに忙しいのか？」

勘ぐられたくないことなのか、その質問に菜々美は口を真一文字に結んだが、やがて静かに言葉を発した。

「昆虫屋さんって儲からないんです。それなのに、『子どもの笑顔を見るのはたまらない』なんて言って、昆虫の餌とか平気でサービスしちゃうから余計に儲からなくて。お父さん、商売が下手なんです。ううん、商売に向いてないのかも」

その様子は、まるで昆虫店を経営する父親を恥じているように純也の目には映った。

「でも、逆に言えば、お父さんはそれだけ昆虫店という仕事やそこに来てくれるお客さんを愛してるってことじゃないか。先生、菜々美のお父さんを凄く尊敬するぞ」

尊敬する先生に「尊敬する」と言われて、菜々美はまんざらでもなかった。ごく自然に父親が誇らしく思えた。そして、その感情が彼女を饒舌《じょうぜつ》にした。

「でも、儲からないから、結局、お店が終わったあと別の仕事をしてるんです」

「なにをしてるんだ？」

「私もよくわかりません。でも、汚れた作業着で帰って来るから、きっと力仕事だと思います」

そう言って菜々美はアイスコーヒーをストローで吸うと、その甘さを舌の上でしばらく楽しみ、今度は母親がよく口にしていたセリフを話し始めた。

「母が言ってました」


――中学を卒業するまでは学業を優先しなさい。料理は、高校に入ったら少しずつ覚えればいいんだから。お父さんは大丈夫よ。ドッグフードでもうまい、うまい、って食べる人だから菜々美の料理でも大丈夫よ――


「ね、先生。それって、ちょっとひどいと思いません？」

菜々美はふくれてみせた。

「ハハハ。菜々美の料理はドッグフードか。なるほど、料理の件はお母さんの教育方針なんだな。だから菜々美は、給食のないこの時期、コンビニ弁当をあんな路地裏で自分の弁当箱に詰め替えていたわけか」

事情は呑み込めたが、純也にはもう一つ、心に引っ掛かっていることがあった。訊《き》いてしまうならこのタイミングだと感じた。

「で、菜々美。弁当代はどうしてるんだ？　あ、もちろん変なこと疑っているわけじゃないぞ」

「二万円」

菜々美はそっと言葉を差し出した。

「お小遣いとは別に、父が一か月のお弁当代で二万円くれました」

「そうか。なあ、菜々美。素晴らしいお父さんじゃないか。先生、ますます菜々美のお父さんが好きになったぞ」

「本当に？」

「ああ、本当だ」

純也は、力強く返答してからストローを吸ったが、口にはなにも広がらなかった。見ると、菜々美のアイスコーヒーも空になっている。

「菜々美。もう一杯、アイスコーヒー飲もうか？」

「でも、先生。授業……」

「いいよ、いいよ。三時限目から出ればいいよ」

8

純也は、二杯目のアイスコーヒーをトレイに載せて席に戻った。そして、菜々美のためにガムシロップとミルクを入れてコーヒーをかき混ぜた。菜々美は、それを当たり前のように受け取ると、別段嬉しそうな表情をするでもなくストロー越しに口に含んだ。

「なあ、菜々美。先生、思うんだ。どんな人間でも人それぞれハンデを負って生きているって。ただな、大切なのは、そのハンデを隠すことじゃなくて、そのハンデの中で精一杯生きることじゃないのかな」

「でも、やっぱり、両親がいてお金持ちの子は羨ましいです」

「それは、金はあるにこしたことはない。いや、欲しければ、大人になったらドンドン稼げばいい。でも、最初からお膳立てされたものに喜びの気持ちが湧くかな？」

「お膳立て？　喜びの気持ち？」

「うん。たとえば、菜々美が今飲んでいるアイスコーヒー。菜々美は、ガムシロップとミルクがすでにかき混ぜられたそのアイスコーヒーを当たり前のように飲んでいるだろう。だけど、それをかき混ぜた誰かがいるわけだ」

菜々美は、慌ててストローから口を離した。

「あ、ごめんなさい。私、先生にお礼を言うのを……」

「いや。そんなことはいいよ。だけど、そうやってお膳立てされると、人間、それが当たり前になるよな。感謝の気持ちすら持てないかもしれない。でも、菜々美は今、家庭環境のハンデを抱えながらも夏休みに毎日補習を受けて苦手な数学を克服しようとしている。これで無事にラ・ベルザ学園に合格したら、それは一生の思い出になるぞ」

確かに、この夏休みのことは一生覚えていられそうな気がする。そういえば、中学一年の一学期に英語で満点を取ったときのことも昨日の出来事のように記憶している。あのときは、担任の純也に誉められたくて職員室にまで駆け込んだ。二年以上も前のことなのに忘れていない。いや、あのときの喜びは死ぬまで忘れないだろう。将来はアメリカの大学に行こうと決意した瞬間だ。

「だから、菜々美。コンビニ弁当でいいじゃないか。なにも恥ずかしいことじゃない。お父さんが深夜まで懸命に働いて稼いでくれた尊いお金で買った尊いお弁当だ。自分は恵まれてると思わなきゃ。もし弁当箱の秘密を知ったら、必死に菜々美を育ててくれているお父さんや亡くなったお母さんが悲しむんじゃないかな」

菜々美の脳裏に父親と母親の顔がよぎった。

「それに、見た目なんてハンデは二の次だと思うぞ」

純也の話に耳を傾けていた菜々美は、ふと、昨晩の父親との会話を思い出し、純也にそれを伝えた。

「ふーん。義足の子が五本足のカブトムシを買っていったのか……」

「はい。ゆうべ、父が言ってました。ハンデも受け入れちゃえば、ただの個性になるんだな。あの子の個性は、誰よりも輝いていたよ、って」

純也は下を向くと、愛妻との会話を思いながらアイスコーヒーを一気にストローで吸い上げた。

〈そういえば、優子のクラスの一学期の学級委員長も義足だって言ってたな〉

9

「そうだ、菜々美。面白い話をしてあげるよ」

「え、なんですか？」

きょとんとする菜々美の愛らしい顔を見ながら、純也は薄手のジャケットの内ポケットから小さな紙を取り出した。表にはなにか文字が書かれているが、純也はその紙を裏返すと、真っ白なそれに筆箱から取り出したマーカーで黒い丸を描いた。

「さあ、菜々美。これ、なんだと思う？」

「なにって、黒い丸……」

「正解。じゃあ、次の質問。なぜ、ここに黒い丸があるのでしょうか？」

純也は、黒い丸を見詰める菜々美の姿を楽しげに眺めている。

「なぜって、先生が黒い丸を描いたから……」

〈これってなにかのクイズか心理テスト？〉

「うーん。じゃあ、質問を変えるぞ。菜々美、この黒い丸を消すことができるか？」

「できません」

菜々美が即答する。

「そうか。菜々美、よーく見てろよ」

純也は微笑むと、黒い丸の周りをマーカーで塗り始めた。やがて、白い紙は真っ黒になり、「丸」と認識できていた黒い図柄は姿を消した。

「ほら。これで黒い丸が消えただろう」

〈これってやっぱりクイズ？　それとも、先生、手品のつもり？〉

菜々美は、純也の真意を測りかねて頬杖をついた。そんな菜々美の呆気《あっけ》にとられた顔を見ながら、純也はもう一枚白い紙を取り出し、再びそこに黒い丸を書いた。

「よし、もう一度訊くぞ。なぜ、ここに黒い丸があるのでしょうか？」

真っ黒な紙と、中心に黒い丸が描かれた白い紙。二枚の紙に目を落とした菜々美は、次の瞬間、背中に電流が走るのを感じた。だが、自分の思考を適切な言葉に変換できない。

「黒い丸がある理由。それは、周りが黒い丸じゃないからさ。周りが白いから、黒い丸がここに存在しているんだ。つまり、黒い丸が存在するための必要条件は、『黒い丸』が『黒い丸じゃないもの』と隣接していること」

菜々美は、「必要条件」と聞いて、思わず昨日の数学の補習を思い起こした。その様子に気付いた純也が、慌てて菜々美を引き戻す。

「おいおい。菜々美、これは数学じゃないよ」

じっと黒い丸を凝視する菜々美の様子に、純也は心の中で呟いた。

〈菜々美、わかるか。この世には一人として同じ人間なんていない。一つとして同じ人生なんてない。だからこそ人生は面白いんだよ。当然、金持ちもいれば貧乏人もいる。でも、貧乏だからこそ金持ちになったときの喜びはひとしおなんだ。数学が苦手だからこそ、問題が解けたときに喜びを享受できるんだ。現在の苦労なんて、将来の喜びのための一時的な借金に過ぎないんだよ。そんな利息もつかない借金なんて、目標を達成して一括返済しちゃえばいいのさ〉

だが、菜々美は終始無言のままだった。この話は、十五歳の少女には少々難解過ぎたのかもしれない。

「悪い、悪い。なんか、意味不明の話をしちゃったな、先生」

純也がそう言って自分の勇み足をいさめ、二枚の紙を丸めようとしたとき、菜々美がその動作に待ったをかけた。

「先生。その黒い丸が中心に描かれているほうの紙、私にください」

「え？　ああ。こんなものでよければあげるけど」

純也は菜々美に紙を手渡した。

「ありがとうございます。私、この紙、宝物にします！　今日、この店に来たのは一生の思い出です！」

「おいおい、大袈裟だよ、菜々美。こんなセルフサービスのコーヒーショップが『一生の思い出』なんて」

純也は、頭頂部をかきながら照れ隠しに店内を見渡した。そのとき、視界に壁時計が飛び込んできた。

「やばい。こんな時間だ。菜々美、学校に行くぞ」

「はい！」

菜々美は、大切にその紙をポケットにしのばせた。

10

その日の昼休み。

純也は、昨日のように空いた机を引きずっていった。

「亜紀。今日も先生、ここでお昼を食べるよ」

昨日はタコをかたどったウインナーとふりかけで描いたハートマークである。今日はどんな弁当かと、たちまち生徒達が集まって来た。

「じゃーん」

純也は、おどけて弁当を机に載せた。

「あれ？　先生、コンビニ弁当？」

「そうだよ。どうだ、おいしそうだろう？」

「先生。ひょっとして、奥さんと喧嘩したとか？」

遠慮のない質問をしたヨシオの頭を亜紀が小突く。

「先生。やっとウインナーのタコから卒業？　僕なんか幼稚園の卒業と同時にタコとは決別……」

続いて亜紀は、純也をからかうタカシの手の甲を力一杯つねった。

「いてぇ！」

そして、昨日のように、亜紀がヨシオとタカシを両脇に抱えて首を絞め上げようとしたとき、今度は女の子の声が「じゃーん」と言った。見ると、菜々美もコンビニ弁当の包装を破き始めている。

「あれ？　菜々美も今日はコンビニ弁当なの？」

「うん、まあね」

その頃には、タコもハートマークも見られなかった生徒達は、何事もなかったかのように散っていた。

「なーに、菜々美。ニヤニヤして」

亜紀が問い詰める。

「うーん。別に」

そう言いながらも、菜々美の含み笑いは治まらない。

「なんか、先生と菜々美、怪しいー」

純也と菜々美は思わず目が合い、そのまま瞳で短い会話を交わした。

「あ、そうだ。ねえ、亜紀。あの洋服、もう捨てちゃった？」

「え？　まだだけど」

「じゃあ、私にちょうだい。もったいないでしょう、捨てるの」

その一言に、亜紀は珍しく真剣な表情を作った。眉間が寄るのは、熟考するときの彼女の癖だ。

「もったいない……。そうだね。じゃあ、今日、家に寄ったら持って帰ってよ、菜々美」

「うん！　ありがとう！」

菜々美は、破顔一笑しながら一方で左手に神経を集中させていた。そして、ポケットの位置を探り当てるとそっと白い紙を取り出し、こっそりとそこに視線を落とした。

〈……。先生、ありがとうございます。私、将来は絶対にアメリカの大学に行ってみせます〉

菜々美は、白い紙をしまうと慈しむようにポケットを上から撫でた。そして、コンビニ弁当を口に放り込むと、純也に向かって顔をほころばせた。

「おいしい！」

アフター・ザ・プロム

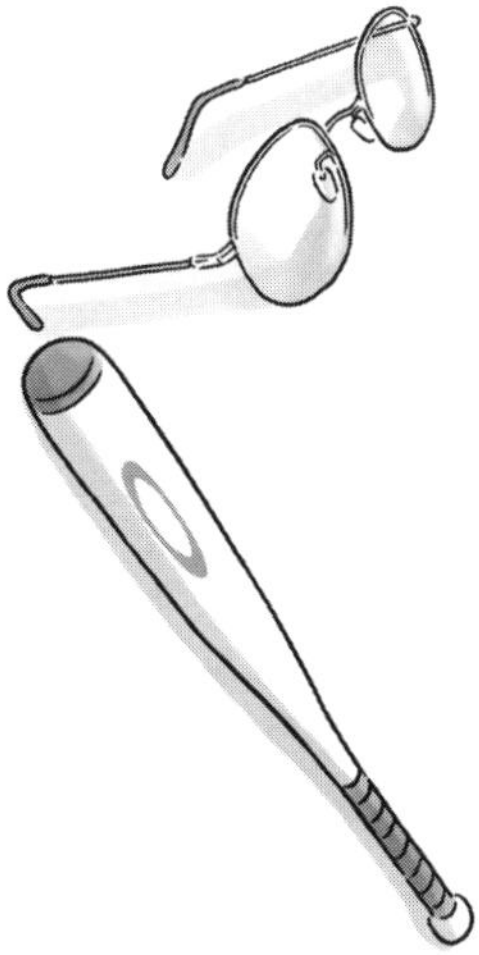

1

「あれじゃあ、久保田《くぼた》くん、いい恥さらしでしょ」

「まったく。京香《きょうか》って、マジ、性格、悪いわ」

「まあ、でも、隠したい気持ちもわからないではないけど」

「ベンチウォーマーのクリクリがダンス相手じゃね」


高校生活最後の夏休み。登校日の前夜に催されるダンスパーティーは、いつの頃からか生徒達の間で「プロム」と呼ばれるようになっていた。進学率ほぼ百パーセントの進学校。プロムは、受験勉強の前半戦が終了した労《ねぎら》いと、後半戦に向けてより一層生徒達を鼓舞する目的で開催されている伝統行事だった。

登校日のその日。ラ・ベルザ学園の三年二組の教室では、いつもより遅く十時頃に登校した生徒達がゆうべのプロムの余韻に浸っていた。


「リサのゆうべのドレス、かなりいけてたじゃん。あの情熱の赤、まるでカルメンじゃない」

「まあね。高校生活最後の思い出だもん。それは気合、入るよ。って、ユリカだってノリフミくんといい雰囲気だったじゃない」

「よく言うよ。リサこそ、あんなにユキオくんと体を密着させちゃって。時代が時代なら、あれはダンスじゃなくて不純異性交遊だよ」

「ちょっと、ユリカ。『不純異性交遊』っていつの言葉よ。そもそも、交遊相手が異性限定って時点でかなり時代に取り残されてるんだけど」

リサが爆笑する。

「まあね。確かに『死語の世界』だね。っていうより、時代は令和だっていうのに『昭和の世界』だわ」

自分で発しておきながら、ユリカも釣られて笑う。

教室の左奥でも、右奥の女子生徒達に負けじと男子生徒達が声を弾ませていた。

「ノリフミ。お前、昨日は熱かったな。もう、ユリカさんとベタベタ。プロムは一応、学校行事だぞ」

「ユキオに言われたかないぜ。お前こそ、とっかえひっかえ、一体何人と踊ったんだ」

「うーん。五人かな」

「マジかよ。でも、ユキオの本命はリサさんだろう。リサさん、お前の背中に腕を回しちゃって。お前ら、あれはイエローカードだよ」

　ノリフミが羨望の色を浮かべる。

「うーん。その気になられても困るんだけどな。ぶっちゃけ、リサさんは五分の一だからな」

　やに下がった笑みのユキオ。


――みんな、自分達の世界――

2

　京香は一人、祈っていた。この退屈で窮屈な時間が早く過ぎ去って欲しい。誰も自分に声をかけないで欲しい。ホームルームが終わって解散すれば、また一人になれる。自宅に戻って受験勉強に打ち込める。

　団体行動が苦手な目立たない性格のために、入学以来「地味子」と称されていた京香は、プロムが半ば強制参加の学校行事であることに釈然としない思いを抱いていた。

　プロムなんて出たい人だけが出ればいい。踊りたい人だけが楽しめばいい。それとも、プロムで英気を養うのも受験戦争の一つの戦い方なのか？　いや、それが学校行事だなんて、やはりどうかしている――。

いずれにせよ、あと十分の辛抱だ。あと十分でホームルームが始まる。そうすれば、みんなの卑俗な会話も終焉《しゅうえん》に向かわざるをえない。

ホームルームの開始を待ち望んでいた京香は、カバンに入れたスマートフォンで時刻を確認するのが面倒で、壁時計を見ようと首を回した。そのとき、あろうことかリサとユリカと目が合ってしまった。こうなると、その後の展開は推して知るべし。案の定、リサとユリカが京香の元に歩み寄って来た。

「ねえ、京香のドレスってどんなんだっけ？」

リサが尋ねる。

「え？」

「ドレスはともかく、京香は見つかったの？」

続けざまにユリカの尋問だ。

「え？　なにが？」

「決まってるじゃない。お相手よ。京香は誰と踊ったの？」

「私は、別にそういうのは……」

高校三年生の夏休みに、あわよくばプロムで恋人探しだなんて、自分が置かれている状況に逆行する渇望だ。そう反論したくても言葉が出てこない。プロムで恋人探し。それが本当にこしまなことなのか。そんな靄《もや》がかかった思いが異論をせき止める。

やがては、京香の周りが騒然としてきた。気付いたら、リサとユリカ以外にも数名の男女が興味津々に京香の返答を待ち受けている。

「岩間《いわま》さんは誰を選んだの？　なんで黙ってるの？」

「そうそう。黙ってないで。で、どう、京香。上手くいきそう？　その人と」

彼ら、彼女らにとっては、京香が誰と踊ったのかを究明するのはこれ以上ない暇つぶしであり、しばし盛り上がれる話題に違いなかった。昭和の匂いがしそうなカラーリングもカールもしていない長い黒髪。お洒落にはほど遠い度の強い眼鏡。こんな「地味子」と踊ったのはどんな生徒なのか。当然にしてみんなの関心が高まる。

しかし、京香は判別不能な小声でもごもごとするばかりであった。ここで、京香がダンス相手の名を挙げたら、今度はきっと、その生徒が冷やかしの対象になることは明白だった。

「別に、恥ずかしがる必要ないじゃない」

ノリフミが急かす。

「まあまあ。こんなときにはアプローチを変えればいいんだよ」

ユキオはそう言って京香の肩に手を置くと、教室中に響き渡る声を発した。

「みんな、注目！　この中で昨日岩間さんと踊った人、手を挙げて！」

教室が静まり返り、軽い緊張が生徒達を包んだ。ピンと張り詰めた空気の中、挙手をしている生徒がいないか、みんなが必死に視線を泳がせる。そして、何十個もの瞳がある場所に固定された。

そこには――、照れ臭そうに右手を挙げている清明《きよあき》の姿があった。

3

清明は、ラ・ベルザ学園の野球部員だった。今年の夏も一回戦で早々に敗退した、地区で最弱の野球部だ。坊主頭のために「クリクリ」と呼ばれることもあったが、実際にクリクリなので、そのあだ名をさして気にかけたことはない。

ただ、「ベンチウォーマー」と呼ばれるのには抵抗があった。清明は、確かに二年生までは控え選手としてベンチを温めてきた。出場の機会など皆無であった。しかし、他の部員の二倍、三倍、努力して、今年の春からは地味なポジションで下位打線とはいえ、レギュラーの座を掴んでいたためだ。

進学校のラ・ベルザ学園の生徒達にとって、弱小野球部のことなど興味の範疇にないのは理解できる。それでも、死に物狂いで先発メンバーに名を連ねるまでになった自分を、いつまでも「ベンチウォーマー」と揶揄《やゆ》する周囲の無配慮に心は傷ついた。

「ベンチウォーマー」のレッテルを剥《は》がしたい。いや、クラスメイトの一人でもいい。自分のことを過不足なく知って欲しい。それが清明の願いであった。

「で、どうだった？　清明。岩間さんは？」

清明の元に歩み寄ったユキオが小声で粗野な質問をぶつける。

「よせよ。岩間さんに聞こえたら失礼だろ。それでなくても、お前が大声でくだらない質問をするから、ダンス相手が俺だってバレて、岩間さん恥をかいたじゃないか」

「じゃあ、手なんか挙げなきゃよかっただろう」

「挙げなきゃ挙げないで、別の意味で岩間さんに失礼だろう」

「まあ、『地味子』相手じゃな。隠したいお前の気持ちもわかるし、その気持ちが岩間さんに知られたら、確かに岩間さん傷つくよな。だけど、所詮は地味子だろ。そんな人並みのプライドが地味子にもあるって考えるとちょっと笑えるな」

「ユキオ！　お前、いい加減にしろよ！」

清明は、思わず立ち上がってユキオの襟元を掴み上げた。野球部で鍛えぬいた腕力だ。ユキオが敵《かな》うはずもないのだが、頭に血が上ったユキオも負けじと応戦する。

教室は一気に騒々しくなった。男子生徒数名が、慌てて清明とユキオの仲裁に入る。ノリフミも駆け寄ろうとしたが、アイリという名の女子生徒がそれを制した。

「ちょっと、ノリフミくん。こんなときになんだけど……」

そして、ノリフミに耳打ちをした。

「え？　本当に？」

「うん」

ノリフミが複雑な気持ちで清明とユキオに視線を投げたときには、二人とも男子生徒に後ろから羽交い絞めにされ、喧嘩は収束に向かっていた。ノリフミの隣で、アイリも困惑の色を浮かべながら清明とユキオの様子を見詰めていた。


「あれじゃあ、久保田くん、いい恥さらしよね」

「まったく。京香って、マジ、性格、悪いわね」

「まあ、でも、隠したい気持ちもわからないではないけど」

「ベンチウォーマーのクリクリがダンス相手じゃね」

わざと聞こえるように話しているのか、リサとユリカの会話が京香の鼓膜を震わせる。京香は、思わず両耳をふさいでうつむいたが、そのとき、扉が滑るかすかな音が前方から聞こえた。担任が教室に現れたのは確認するまでもなかった。みんな、蜘蛛の子を散らすように自分の席に戻ったためだ。

喧騒が消し飛ぶとともにホームルームが始まった。

4

——京香は再び、自分だけの世界——

担任は、約二時間のホームルームを通して、身振り手振り、声をからさんばかりに生徒達を鼓舞し続けた。そんな担任の姿を見たら、心の奥底から熱いものが湧出するのも当然だ。昨夜のプロムで遊びは終わったのだ。いよいよ受験勉強の後半戦が始まる、その緊張と興奮が室内に満ちる。

担任が教室をあとにすると、生徒達も決意を新たに、思い思いに帰宅の準備を始めた。ところが、一人、また一人とその手が止まり、やがては全員の挙動が固まった。みんなが視線を浴びせていたのは清明であった。彼は、他人の目は気にしないと決心した顔で京香の元に歩み寄ると、絞り出すように声を発した。

「岩間さん。もし時間があったら、あの、昼飯でもどう？　俺が奢《おご》るから」

京香は、動揺で顔を上気させながら視線を机に固定していた。唇が動く気配もなく、その反応を見て清明は頭をかいた。

「あ、そうだよね。忙しいよね。帰って勉強しないとね」

清明は、自分の発言をなかったことにしたい、そんな表情できびすを返そうとしたが、京香はうつむいたまま、しかし力強く返答した。

「だ、大丈夫。忙しくない」

京香のその一言で、周囲からは驚きの声が上がった。

「これから受験勉強の追い込みなのに、久保田くんと京香、まさかのデート⁉」

「ゆうべ一緒に踊っただけじゃ不満なの？　あの二人、これからプロムの続きをする気？」

やっかみの声。

「考えてみれば、『ベンチウォーマー』と『地味子』ってお似合いだよな」

「プロムをきっかけに『ボランティア・カップル』の誕生ってわけか」

心ない中傷も混ざる。

好奇に満ちたまなざしの中、清明と京香は喧騒をすり抜けるように教室をあとにした。


二人は、最寄りのレストランに向かった。学校から歩いて数分の距離。しかし、清明にはその数百メートルが数キロメートルにも感じられた。京香も、数分の時の流れを数時間にも感じていた。

終始無言の二人だったが、店内に入ってテーブルにつくと肩の力が抜けたのか、やっと清明が口を開いた。

「こんな、デパ地下のレストランでよかった？　ごめん。俺、女子と飯なんて食ったことなくて」

「ううん。素敵なお店。料理も色々あるし」

京香は、清明の目線から逃れるように、メニューを見ながら呟いた。清明は、京香の頭頂部とかろうじて確認できる彼女の眼鏡の縁《ふち》を見ながら、やがて自分もメニューに視線を落とした。その間に、無表情なホールスタッフが水を置いて去って行った。

「決まった？」

「うん」

京香は、唇の端をかすかに持ち上げながら答えたが、清明がホールスタッフを呼ぶと、今度は眉を吊り上げた。

「じゃあ、僕は、カルボナーラとビーフカレーとシーフードグラタン」

ホールスタッフも思わず目を丸くする。

「岩間さんは？」

「あ、私は、カルボナーラ」

「だけでいいの？」

「う、うん」

肩をすくめながら厨房に消えて行くホールスタッフを見届けると、京香は驚嘆の声を上げた。

「さすが、野球部。凄い食欲ね」

「へへ。これしか取り得がないんだ。だけど、俺はもう『元野球部』だよ。夏の大会が終わった時点でおしまい」

「そうね。残念な試合だったよね」

「……。まあ、慰めの言葉としてはありがたいけど」

清明は、「残念な試合」という表現を、試合のことなど知りもしないクラスメイトの当たり障りのない配慮と受け取めた。

「六対五。七回、ノーアウト一、二塁。あの場面で二番バッターが送りバントを失敗していなければ確実に勝てた試合だったね」

京香は、的確に試合経過を振り返ってみせた。清明は、ラ・ベルザ学園に真剣に野球部を応援するような生徒がいることを知って驚いた。

「だ、誰を応援していたの？」

「誰、って。や、野球部をよ。特定の人じゃないよ」

京香は落ち着きなく、閉じたメニューを元の場所に立てた。二人はしばし沈黙したが、意を決したように京香が声を発した。

「ごめんなさい、久保田くん」

「え？　ごめん、ってなにが？」

「今日、みんなの前で恥をかかせてしまって……」

「それはしかたないよ。みんな、あれじゃあ刑事の取り調べじゃない。あんな勢いで詰め寄られたら、誰だって口をつぐんじゃうよ」

それでも京香は、再び「ごめんなさい」と頭を下げた。そして、続けた。

「ごめんなさい、だけじゃないね。ありがとう、も言わないと。あのとき手を挙げてくれて」

「いや、お礼もいいって。それより、その話題に絡めて訊いてもいいかな？」

「なに？」

清明は、かさかさの口内を水で湿らすと、コップを置きながら言った。

「岩間さん、どうしてプロムに来なかったの？」

5

ノリフミとアイリは、同じ方角にあるそれぞれの自宅に向かうために一緒に帰宅していた。

「京香には悪いことしちゃった」

悔恨《かいこん》のため息を漏らすアイリにノリフミが尋ねる。

「どうして、迎えに行くの忘れたの？」

「うーん。私も、プロムで誰と踊ろうかな、なんて気もそぞろだったし……。あ、途中で気付いたんだよ。でも、京香の家に戻ってたらプロムに遅れちゃうし。遅れたら、ダンスのチャンスも減っちゃうし……」

「まあ、だけど岩間さんも子どもじゃないんだから、アイリさんが迎えに来なかったからって欠席することはないと思うけど」

アイリは、ポケットからスマートフォンを取り出した。裏面のカバーはイケメンアイドルのシールで覆われている。ノリフミは思わずそのイケメン軍団の数を数え始めたが、五本の指を折ったところでやめた。

「私、その日、このスマホを家に忘れてプロムに行っちゃったのね。そして、帰宅したら……」

「なにがあったの？」

「ＬＩＮＥに京香からの着信履歴が二十件以上、残っていた。京香、本当はプロムに出たかったんだよ」

アイリは瞳を潤ませた。

「まあ、高校生活最後の思い出になる行事だからね。でも、だったらなおのこと、一人でも来るべきだったと俺は思うよ」

「それができないの。京香は、盛り上がっている人達の輪の中に着飾って溶け込んでいけるような子じゃないから。だから、二週間も前から『一緒に行こう』って、私、念を押されていたのに」

「じゃあ、岩間さんはドレスも用意していたんだ」

「うん。プロムの前日に見せてもらったよ。白に近いピンクのドレス。清楚でいい感じだった。きっと、京香に似合っていたと思う」

ノリフミは、淡いピンクのドレスに身を包んだ京香を想像する。そして、失敗した。今時流行らないストレートの長い黒髪と眼鏡に妨げられた。

「それよりも、岩間さん。プロムに来なかったのに、『いなかった』ということすら誰にも気付いてもらえなかった。岩間さん、そっちのほうがショックだったんじゃないかな」

「どんなドレスで誰と踊ったか。それ以前に、京香はプロムにはいなかった。そして、誰もそのことには気付いていない……」

アイリは、京香からの着信履歴が残るＬＩＮＥの画面に視線を落とすと言葉をつないだ。

「確かに、今日は京香、辛かっただろうね」

「ちょっと、俺も調子に乗り過ぎちゃったかな。なんか胸が痛むな」

その言葉に、アイリは歩みを止めてノリフミの顔を凝視した。

「あ！　誰も気付いていなかったわけじゃない。気付いてた人がいるじゃない」

「え？　誰だい？　……。あ、そうか！」

「そう。久保田くん。久保田くんは、京香がプロムにいなかったことを知っていたから、逆にあのとき手を挙げられたんだよ」

「少なくとも、俺やユキオのように無関心ではなかったってことだね」

「無関心どころか、もしかしたら久保田くん、プロムで京香を待っていたのかも」

「いや。それはないんじゃ……」

ノリフミは仮説を否定しようとしたが、アイリの真剣な表情に語尾がつかえた。

「私は、京香を誘い忘れたことに気付いていたのにあっさり見捨てた。でも、きちんと京香をプロムに連れて行ってれば久保田くんと踊れたんだよ。私、本当に取り返しのつかないことを……」

アイリは、手の甲で涙を拭った。ノリフミは、彼女に手渡すためにハンカチを取り出しながら、気まずい雰囲気を振り払おうと軽口を叩いた。

「しかし、清明の奴もなかなかやるなー。『ベンチウォーマー』にしては上出来だ」

「その言い方はやめて。久保田くんはれっきとしたレギュラーよ。京香から聞いてるから。もっときちんと評価してあげて」

「アイリさん、やさしいんだね」

アイリはノリフミからハンカチを受け取ると、涙を拭きながら否定するように首を横に振った。

「今頃、清明と岩間さんは一緒に昼飯かぁ……。ねえ、俺達もこれから昼飯一緒にどうかな。あ、もちろん奢るよ」

アイリは無言で、しかし、今度は首を縦に振った。

6

「なるほど。そういうわけだったんだ」

プロムを欠席した理由を本人の口から聞いて、清明は納得の表情を見せた。

「あんなに騒々しいところに一人では行きづらかった岩間さんの気持ち、俺、わかるよ」

説明を終えた京香は、所在なく中指で額を撫でた。気持ちがわかる、と言われても、やはり臆病な自分に引け目を感じる。

「でも、私、アイリのこと恨んだりしてないよ」

咄嗟に出たセリフだが本心だった。そのとき、二人のホールスタッフが料理を運んで来た。この四つの皿がテーブルに載るのか、ホールスタッフは戸惑いの色を浮かべたが、かろうじて皿はテーブルに収まった。

「よし！　さあ、食べよう、岩間さん」

そう言うが早いか、清明は料理を掘り始めた。そのさまはもはや、食べる、というよりも、詰め込んでいるという表現がふさわしい。京香は、その猛々《たけだけ》しさに動揺しながら、自分もそれを口に運んだ。

「私、アイリのこと恨んでない」

京香は、同じセリフをもう一度口にした。

「だって、私がプロムにいなかったことすら誰も気付いてないんだよ。そんな私がプロムに行ったところで楽しめるはずがないでしょ。アイリが予定どおり誘ってくれていても、逆に惨めな思いをしただけだと思う」

「惨めな思い？　うーん、本当にそうかな」

見ると、清明はすでに二品目のビーフカレーと格闘している。

「え？　どういう意味？」

「いや、もしかしたら、岩間さんと踊りたくて待っていた人もいるんじゃないかなって思ってさ」

「そんな人、いるはずがないよ」

「どうして、いない、って決め付けるの？」

「それは……。久保田くんだって、私がみんなになんて言われてるか知ってるでしょう？」

京香は、眼鏡の縁に指を当てようとしたが、中断して再びフォークを握った。

「『地味子』って呼ばれてるんだよ。そんな私と踊りたい変わり者がいるはずないじゃない」

「そうかな。俺が知る限り、一人、その変わり者がいるけど」

「え？　誰？」

「うーん。そいつの名前は言えないけど」

清明は京香を煙に巻くと、シーフードグラタンを頬張った。そして、水のおかわりをホールスタッフに告げた。

「それよりも、俺のほうこそみんなになんて呼ばれてるか知ってる？」

京香はもちろん知っていた。しかし、その単語を発することができずに、最後の一口を頬張ってごまかした。

「『クリクリ』。まあ、これは事実だからいいけど、『ベンチウォーマー』って呼ばれてるんだよ、俺」

「し、知ってる」

「でも、それは事実じゃない」

「それも知ってる。九番でライト。久保田くんは控え選手じゃない」

「そうか。夏の試合、観に来てくれてたんだよね。だったら、知ってるよね」

そのとき、水の入ったポットを持ってホールスタッフがテーブルの横に立った。二人は、コップが水で満たされていく様子を眺めていたが、その音にかぶせるように京香が小声で呟いた。

「少なくとも私は、久保田くんが『ベンチウォーマー』じゃないことを知ってる。それに、あの試合、負けちゃったけど、久保田くんが三本のヒットを打ったことも知ってる。それだけじゃ不満？」

「え？　ごめん。もう一度言って」

ホールスタッフが立ち去るのを待って、清明が問い返す。

「あ、あの……。そうだ、アイリも知ってるよ。久保田くんがレギュラーだってこと」

京香は、自分が教えたからアイリも知っているという裏事情に気付かれまいと平静を装った。

「へえ、そうなんだ」

少なくとも、二人のクラスメイトが理解してくれている。清明は、ずっと心の中でしこっていたわだかまりが溶けていくのを実感し、心地よい浮遊感を覚えた。

7

「岩間さん、大学はどこを目指してるの？」

「私？　今のままじゃちょっと厳しいけれど……」

「どこ？」

「東日本大学」

その大学名を聞いて、清明は思わず微笑んだ。

「俺もだよ。俺の志望も東日本大学」

「本当！　偶然ね！」

清明は、京香の小さな叫びを聞くと、束の間の無言のあとに勇気ある提案をした。

「ねえ。同じ大学を目指す者同士だし、俺のことは『清明』でいいよ」

「……。う、うん。わかった。じゃあ、私も、きょ、『京香』でいいよ」

「そうかー。京香さんも東日本大学志望かー」

そう言うと、清明は口を真一文字に結んで鼻でため息をついた。

「どうしたの、清明くん」

「いや、京香さんは厳しいって言うけど、それより厳しいのは俺のほうだよ。なにせ、つい最近まで野球部だったんだから」

「確かに、私のように部活動をしていない人間と比較したらハンデだね。まったく勉強してなかったの？」

「いや。もちろん勉強はしてたけど、時間は限られていたし、厳しい練習で体はクタクタ。でも、監督に言われた」

「なんて？」

「自分の人生を環境のせいにするな。与えられた環境の中で努力してこその人生だ。野球が勉強の邪魔になるならやめてもかまわない。でも、そう言ってやめていった奴で、その後、成績が上がった奴なんて見たことがない、って」

その一言に、京香の胸が熱を帯びた。

「与えられた環境の中で努力してこその人生……。素晴らしい監督だね」

「俺もそう思う。実際、あの監督のもとじゃなければ、間違いなく俺、野球部をやめていたよ。実は、一度本気でやめようと思ったことがあるんだ」

「いつ？」

「ちょうど一年前かな。三年生が退部して、二年生を中心にチームを組んだとき、俺、レギュラーから漏れたんだよね」

　控えに回された二年生は、清明を含めてたったの二名だった。そして、一名はその現実に悲観して退部した。結果、清明は二年生の中でただ一人の「ベンチウォーマー」となり、そのときからそれがあだ名になった。

　二年生の夏休みともなれば、ほとんどの生徒が志望大学を絞り込み、本格的な受験勉強を開始する。そんな時期に、自分はベンチを温めながら、投打に奮闘するチームメイトの姿を眺めているだけ。勉強にも、そして、野球にも身が入らない。その姿を見て、監督は練習後に清明を部室に呼んだ。

「清明。お前、毎日をダラダラと過ごして楽しいか？」

「…………」

「嫌なら、やめてもいいんだぞ」

　清明は、その一言で決心した。やめようと。そして、恐る恐る監督の顔を見詰めると深呼吸をした。肺の空気をすべて吐き出したときがやめる意思を告げるときだ。

「ここまで頑張ったんだ。来年の夏に向けてもう一度部活を頑張るのもお前の自由。今言ったとおり、やめるのもお前の自由。だけど、野球にせよ勉強にせよ、ダラダラと無為に取り組むのだけはやめるんだ」

清明は深呼吸を終えた。次に口を開くのは自分の番だ、と思ったそのとき。

「なあ、清明、わかるか。お前がそうして無駄に過ごした今日は、昨日死んだ人が痛切に生きたかった明日なんだ」

8

無口な清明も、尊敬する監督の話になるとつい饒舌になる。

「本当に、監督には色々なことを教わったよ」

――一流の打者でさえ、十回に七回は失敗するんだ。でも、失敗が怖い、失敗が恥ずかしいと打席から逃げる選手がいるか？　いいか。そもそも人生に失敗なんてないんだ。もし、人生に唯一、失敗があるとしたら、それは「失敗すらできない」ことだ。「人生が不満」。こんなの逃げ口上だ。「失敗を恐れて挑戦しない自分」が不満の正体だ。わかるか、清明――

京香は黙って聞いていた。その目には力強さがある。だが清明は、京香が監督の説教に少々退屈しているのかと勘違いした。

「なんか、つまらない話、しちゃったよね。あ、そうだ。まだ時間があるなら、もう一か所だけ付き合ってくれない？　ちょっと見たいものがあって」

「え？　別にいいけど」

二人は、レストランを出るとエレベーターで五階に向かった。扉が開き、清明と京香は目の前に広がった空間に足を踏み出した。

「よーし。じゃあ、俺に付いて来て」

清明は高い声で合図を送ると、目的の場所に歩みを向けた。慣れた足取りだ。京香は、足早にあとを追った。清明の意気揚々とした背中を見ながら、なにが彼をこんなに高揚させているのかと、自分までもが興奮を覚えた。

売り場に着くと、清明は子どものようなまなざしで店内を楽しげに注視し始めた。その様子を見て、京香は正直なところ少々がっかりした。こんなもののどこが楽しいのか、清明の嗜好を理解するのに苦しんだ。だが、もし京香が自分の集めている消しゴムを必死に物色している姿を清明に見られたら、きっと彼も今の自分と同じ気持ちになるだろう。

コレクションの好みは人それぞれ。京香は、もしこの先ボーイフレンドができても、デートのときに買い物をともにするのは賢明じゃないな、と感じた。しかし、それも束の間、すぐに、

「地味子」にボーイフレンドなどできるわけないか、と自嘲した。

ずっと黙って清明の様子を見ていた京香だが、さすがに退屈し始めた。というより、買うなら早く買って欲しい。買わないなら買わない。こんな別々の時間を過ごすよりも、場所を移動してもっと色々な話をしたい。監督の話ももっと聞きたい。そんな気持ちが高じて清明に声をかけた。

「なにか買うの？」

「え？　買わないよ。ただ、見たかっただけ。昨日、ここで買ったばかりだもん」

そう答えた直後、清明は素っ頓狂な声を上げた。

「あれ！　なんだ、これ。値段が変わってるぞ」

「え？」

「え、じゃないよ。昨日の十倍の値段が付いてる」

「十倍！　どういうこと？」

「それは俺が知りたいよ」

確かに、昨日は３００円だったそれには、３０００円の値札が貼られていた。

9

清明と京香は、店員の説明で合点がいった。

つい先ほどまでカブトムシの値段は300円だったこと。

その300円の五本足のカブトムシを購入した少年がいること。

少年は、「これはちゃんとした普通のカブトムシだ」と主張して、あえてそれを買い求めたこと。

二人とも、思い思いにその義足の少年の姿を頭に描いて目頭を熱くした。

「この3000円のカブトムシが見られただけでも足を運んだ甲斐《かい》があったね」

清明がそう言って売り場を立ち去ろうとしたとき、京香がその腕を掴んだ。

「清明くん」

「なに?」

「あの……。お昼をご馳走になっておいて自分でも図々しいなって思うんだけど、もう一つお願いしてもいい?」

「お願い? なに?」

だが、京香は自分からせがんでおきながら沈黙してしまった。

「俺にできることならなんでもするよ」

すると、京香はかぶりを振った。

「ううん。やっぱりいい。自分で買う」

「買う？　買うってなにを？」

京香は、訝《いぶか》る清明の瞳を見ながら人差し指を立てた。その指先は五本足のカブトムシに向けられていた。

「え？　これが欲しいの？　いいよ。プレゼントするよ」

「本当!?　ありがとう。あ、餌とか土は自分で買うから」


デパートから自宅への帰り道。京香は子どものようにはしゃいでいた。清明は、両腕でカブトムシの入った小さなかごを大切に抱えている京香を見て、なにか自分まで幸せな気分になった。こうして京香と一緒に歩いている。ともに時間を過ごしている。これ以上望んだらバチが当たる。

しかし、次の交差点で二人は別々の方角に分かれなくてはならない。その交差点がもう目の前まで迫っている。歩きたくない。交差点にたどり着きたくない。清明のそんな願いも虚しく、やがて二人は交差点に立っていた。

――これ以上望んだらバチが当たる――

だが、清明は「これ以上」を望まずにはいられなかった。もし、この岐路で、「じゃあ、さよなら」の一言だけで別々の道に分かれたら、一生、二人の道が交じわることはないように思えた。

本当にそれでいいのか。清明は自問し、それでいいわけがない、と自答した。

「ひ、東日本大学」

突然、清明の口から志望大学の名前が発せられ、京香は小首を傾げた。

「もし、二人揃って東日本大学に合格したら……」

すると、京香は毅然とした口調で言葉を返した。

「合格するよ。だって、お守りを買ってもらったんだもん」

言って、京香はカブトムシのかごを高々とかざした。京香の淀みない力強さを初めて目の当たりにして驚く清明。

「さっき、清明くん言ってたじゃない。『与えられた環境の中で努力してこその人生だ』って。

このカブトムシも五本足というハンデの中で生きている。ううん。もう一匹を買っていった義足の少年も、きっとそのハンデの中で精一杯頑張ってるはず。その少年が残してくれていったカブトムシを幸運にも手に入れたんだもん。合格するに決まってるじゃない。しかも、与えられた環境の中で努力してきた清明くんがくれたお守りだよ」

「京香さん……」

清明は、京香がカブトムシをねだった理由を知って、はにかみながら鼻をかいた。

「それに、私、『地味子』でもいい。やっとわかった。大切なのは自分らしく生きること。私、別に派手に生きようとは思わない。今までは、目立つ生き方ができない自分に劣等感を抱いていたけど、これからは地味でもいい。自分なりに明るく前向きに頑張る」

饒舌に語る京香に触発されて、清明も口を開いた。

「そうだね。俺も別に『ベンチウォーマー』でもいいや。わかる人がわかってくれれば」

二人は、互いに目を合わせると、どちらからともなく微笑んだ。そして、唇のほとりを持ち上げたまま京香が尋ねた。

「それより、二人揃って東日本大学に合格したら、って。その続きは？」

「え？」

清明は思わず沈黙したが、意を決して目を見開いた。

「そのときがきたら、俺と付き合ってくれないか」

「……………」

「実は俺、プロムでも待ってたんだよ。京香さんのこと」

10

京香はなにも答えなかった。否、嗚咽《おえつ》のためになにも答えられなかった。しかし、三回立て続けにうなずくと、小さく震える両手でカブトムシのかごを持ち上げて顔を覆った。

清明は、自分の申し出が受け入れられた安堵と、心の奥底からこみ上げてくるエネルギーで歓喜の声を上げたいところをぐっと抑えた。その代わり、両手をぐっと握って拳《こぶし》を作った。野球部では大した活躍もできずに、ついに一度もすることのなかったガッツポーズ。きっと、この日のために、この瞬間のために大切に取っておくようにとの神様の粋《いき》な計らいに違いなかった。

やがて、平静を取り戻した京香が告げる。

「そうだ。私ばかりがお守りをもらって図々しいよね。気が付かなくてごめんなさい」

「え？　俺はいいよ。家に帰ればカブトムシ、たくさんいるし」

「ううん。やっぱり不公平だよ。私もお守りをあげる。その前にちょっと目をつぶって」

「どうして？」

「眼鏡を外した顔を見られたくないの」

乙女心ってやつかな、などと思いつつ瞼を閉じた清明だが、路上で体感する暗闇に思いのほか恐怖を感じた。

「なんかちょっと怖いな。ねえ、やっぱり目を開けても……」

その瞬間、清明の唇が京香の唇でふさがれた。清明は予期せぬ展開に思わず背筋が伸びたが、すぐにその柔らかな弾力に緊張はほぐれていった。

数秒後、京香は踵《かかと》を地面につけると、頬を赤らめながら言った。

「はい。これで清明くんも東日本大学に合格」

眼鏡は外したままだった。その日の青空のように澄んだ瞳が眩しい。京香はもはや、「地味子」ではなかった。太陽にも負けないその鮮やかな輝き。

二人にとってのファーストキス。

周囲の視線は気にならなかった。

ただ、カブトムシの視線だけがちょっぴり照れ臭かった。

彼女はいつもハーティーに

1

——夢には色がない——

こんなことを言うと怪訝な顔をされるかもしれない。でも、私が毎晩見る夢は、セピアのようなモノトーンの世界。

「随分と色彩に乏しい夢だね」

こう冷笑する人もいるだろう。

多くの人が、「ゆうべは真っ赤なバラの夢を見た」などと自分の夢を吹聴する。実際に色のある夢を見る人はいるらしい。若年者ほどその比率は高く、カラーテレビの普及をその要因に挙げる研究者もいる。しかし、色彩豊かな夢を見る人の話には時に嘘も混じる。

もっとも、嘘つき扱いが酷であることも承知している。本人は、本当に夢の中のバラは真っ赤だったと信じきっているのだから。

種明かしは簡単。夢の中のバラは無色だが、バラは赤いという先入観で、目覚めた直後に無意識のうちに脳はバラに朱を落とし始める。そして、ゆうべは夢を見た、と自覚するときには、そのバラは真っ赤に染まっている。

だからこそ、本人に自覚がないからこそ、つい私の思いは熱を帯びる。

夢には色がない、と。


私は、作家志望の大学四年生。三か月近い長い夏休みに入り、本格的に創作活動を始めたはいいものの、たったの二週間で早々にスランプ状態。いや、「スランプ」とは「実績のある実力者が本来の力を出せないこと」だと、私がアルバイトで働くバーのママが言っていた。じゃあ、私の場合は単なる実力不足？　ちょっと泣ける。

主人公の男と女の出会い。これは難なく書けた。男に片思いをする女心の機微《きび》の描写も我ながら悪くない。だが、そこで筆が止まった。話を転がすためには女が男に告白しなければ——。しかし、肝心のその告白シーンが描《えが》けない。それならば、いっそのこと男から告白させてしまうか。って、そんな展開、無理があることは自分でもわかっている。

この小説、本当に完成するのだろうか？

でも、大学生活最後の夏。時間だけは無尽蔵にある。私は、日中は作家を気取ってキーボードの上で指を踊らせ、夜になるとバーテンダーを気取ってシェイカーを振る。

2

『ハーティー』

玲奈《れいな》がアルバイトで働くワイン&カクテルバー。

玲奈はここで、カウンター越しに客の相手をし、彼らの要望に応じてワインを選ぶ。カクテルを作る。そんな日々を二年間経験し、今では多くの常連客が気の置けない友人となった。ワインやカクテルにも精通した。

玲奈がハーティーで働き始めた理由はかなり単純だ。

「今日はちょっとお洒落がしたい。居酒屋でビール、じゃなくて」

大学二年の夏休み、ボーイフレンドにそう甘える玲奈の目にちょっと気を引く看板が飛び込んできた。

『Wine & Cocktail Bar Hearty』

ワインやカクテルのことなどなにもわからない玲奈達。看板と店の外観が魅惑的だという理由だけでぶらりと足を踏み入れた。

「ハーティー、オリジナルの『スイート・ラヴァーズ』でございます。男性のあなたはレモンを浮かせたこちらを、女性のあなたはチェリーを浮かせたこちらをどうぞ。チェリーのスイート・ラヴァーズは、別名『スイート・レディ』と呼ばれています」

バーテンダーがそう言って差し出したカクテル。フルーティーな甘みとかすかな渋みが織り成す二重奏。形容しえない佳味が舌の上に広がったとき、玲奈は自分が本当に「レディ」になった気がした。自分ももう二十歳。そろそろ「レディ」と呼ばれる資格を有した年齢だ。

と、悦に入ったのも束の間、玲奈はすぐに自分の思い上がりを省みる羽目になった。

「スイート・ラヴァーズには、恋を成就させる成分が含まれているのよ」

バーテンダーの隣に立つママなざしに温かさをたたえている女性。まだ二十代後半のようなのにこんな店を構えるなんて凄い。玲奈がその羨望を口にしたら、ママは茶化すように微笑んだ。

「あら、嬉しい勘違いだけど、私も広辞苑で『初老』って言われる年齢になったのよ、お嬢さん。厳密には『はつおい』って言うらしいんだけど、まったく、広辞苑ったら私に喧嘩を売っているのかしら。いえ、世の中すべてを敵に回す気かしらね、うふふ」

広辞苑によると、四十歳は「初老」なのだそうだ。

気品があって、美しくて、若々しくて、そしてウイットに富んでいて。こういう女性を男性は「レディ」と呼ぶのだと玲奈は自省した。

「え？　『ハーティー』の意味？　ハートフルと同じよ」

　店の名前の由来を尋ねる玲奈にママが答える。

「ハートフル。ってことは『心のこもったやさしさ』か……」

「ええ、そうね。でも、ハートフルなんて言葉、私、アメリカでは聞いたことがないわよ」

「でも、あちこちでみんなハートフル、ハートフルって言うじゃないですか」

「それがおかしいのよね。誰が言い出したのか知らないけど、間違いは言い過ぎにしてもほぼ和製英語ね。『心のこもったやさしさ』ならハートフェルトよ。でも、日本人には覚えづらいと思ってハーティーにしたの。アメリカでは、ハーティーは『食事のボリュームがある』という使われ方をするけど、『心のこもったやさしさ』という意味合いもあるし、楽しんでいるときに『a hearty laugh』なんて素敵なフレーズをよく使うわよ」

　玲奈は、自分の英語力のお粗末さに恥じらいを覚えつつも、小粋な知識を享受できた充足感に満ちた瞳でボーイフレンドを見詰めた。だが彼は、自分の横の見知らぬ女性客にそわそわしている。

「もっとも、そこまでアメリカ、アメリカって言うなら、本来は『Hearty's』って『's』を付けなければならないけど、さすがにそれはキザかなと思ってやめたの。ここは日本だから」

　ママは、店の名前の由来をそう締めくくった。

アメリカナイズされてはいても、アメリカかぶれはしていない。

〈魅力的な人……〉

玲奈は、瞬きする間もなくママの虜《とりこ》になった。

ハーティー。素敵な名前だ。そして、スイート・ラヴァーズ。自分もこんなカクテルを作って、愛し合う二人に洗練された贅沢なひと時をプレゼントできたらどれほど素晴らしいだろう。

〈ここで働いてみたい……〉

逡巡《しゅんじゅん》はあったが、玲奈は思いきってその気持ちをママに伝えることにした。

「ええ！　本当ですか⁉　ここで働かせてもらえるんですか！」

「こちらこそ、ありがたい申し出だわ。彼が、もうすぐ地元に帰ってお父様の事業を継ぐの。自分の目指していた夢が『信念』ではなく『執着』であることに気付いたのよね？」

そう言ってママが肩に手を置くと、バーテンダーは照れ臭そうにうなずいた。

〈え？　「信念」と「執着」……。意味がわからない……〉

玲奈はその違いを尋ねようとしたが、ママは言葉をとぎらせることなく続けた。

「それに、あなたのような可愛らしい女の子がバーテンダーになってくれたら、ハーティーもこれまで以上に繁盛するわ。今は、野暮《やぼ》ったい男と初老のおばさんだけだもの」

「ママ、『野暮ったい』は余計です」

初老のおばさんに肩を抱き寄せられた野暮ったい男は、下唇を突き出しておどけてみせた。アルバイトとして働くことが決定した玲奈は、喜びを分かつためにボーイフレンドに視線を投げたが、彼は見知らぬ客だった女性と、いつのまにか既知の男女のように盛り上がっている。あろうことか、「彼女にスイート・レディを」とバーテンダーに告げている。

それが、ボーイフレンドとの最後の夜となった。

スイート・ラヴァーズがきっかけで破局。ママの予言は外れたが、スイート・ラヴァーズに魅了された玲奈の新しい人生が始まった。

3

ハーティーでの仕事は最高の悦楽だった。ママの洒脱なおしゃべりや奥の深いワイン、そしてカクテルに、底なし沼に足を取られたかのようにはまっていった。しかし、玲奈が一番魅入られたのは、なんといっても客との会話だ。本当にみんな、色々な人生を送っている。

辛酸を舐めた半生を控え目に語りながら、はにかむようにワイングラスを手のひらで転がす客には、思わず、代金はいりません、と言いたくなる。世間を見下したような苦労知らずの過去を自慢する客は反面教師にすればいい。ここで働いていると、さまざまな人生が疑似体験できる。それがなによりの贅沢だった。

それから二年。玲奈も四年生になって、前期には教育実習も経験した。きつくも辛い体験だったが、この苦難を乗りきらなければ教員免許が手に入らない。偏差値の高い東日本大学に進学した意味がない。その一心で歯を食いしばった。


月曜日。

玲奈は、いつものようにそこにいた。

「あれ、紳介《しんすけ》さん。いらっしゃい」

玲奈の声が弾む。

彼女と目が合った紳介は、人差し指を立てると、次にその人差し指を「人」ではなく「カウンター」に向けた。「一人で来たからカウンターに座るよ」の合図だ。紳介は、いつも一人でやって来る。つまり、来店するたびに真っ先にするのがこの合図だ。

「どうぞ」

玲奈が微笑むと、紳介は椅子に座って背もたれに体をあずけ、これまたいつもの決まり文句を発した。

「どう？　玲奈ちゃん、元気？」

「ええ。見てのとおりよ。それより紳介さんは？　今日のご気分は？」

「え？　この顔で判断してよ」

言って、紳介は自分の右の頬を軽く叩いた。

だが、そのとき玲奈は、紳介の顔ではなく胸元に目線を送っていた。いつもの冴えない青のネクタイをしている。そういえば、最近めっきりとあのネクタイを見ることがなくなった。赤いネクタイ。紳介はそのネクタイを「勝負ネクタイ」と呼んでいた。紳介の職場では、大きなプレゼンテーションをするといったいわゆる勝負時にするネクタイを「勝負ネクタイ」と呼ぶ習慣があるそうだ。最近はノーネクタイが主流になりつつある上、今はクールビズの真っただ中だ。それでもネクタイ着用が義務付けられている紳介を見るたびに、どんな仕事にも苦労は付き物だと玲奈は感じていた。

4

大手銀行勤めの紳介がハーティーの常連になったのは一年ほど前のことだ。きっかけは、彼の大好きなアメリカ映画だった。

『ハーティーで朝食を』

ヒットした映画でもないし、最初にタイトルを聞いた玲奈は、『Breakfast at Tiffany's』、邦題『ティファニーで朝食を』の二番煎じかと思った。

ある夜、偶然ハーティーの前を通りかかった紳介は、『ハーティーで朝食を』のヒロイン、レイチェルのような女性が働いていないかと、物は試しでハーティーのドアを開けた。

そして、玲奈に訊いた。

「あの、日本人ですか？」

「え？　はい、そうです。見てのとおりですが」

これが二人の初めての会話であった。

玲奈の答えを聞いた紳介は、「レイチェルはイタリア系アメリカ人と日本人のミックスなんだけどなー」とボソッと発すると、そのまま無言で席に座った。その意味不明なフレーズは単なる独り言なのか、はたまた期待外れの失望なのか。もっとも、そんなことを言われても玲奈はレイチェルではない。彼女は内心、面倒そうなお客さんね、と思いつつも、取りあえず酒の注文を聞くことにした。「お任せで」と言う紳介に、玲奈はオリジナルカクテルの「ブルー・ドリーム」を差し出した。

ただ、その後少しずつ会話が噛み合い始め、先ほどの紳介の振る舞いは、彼が人見知りであることと、いわゆる「夜の店」に不慣れなことが原因だと玲奈は理解した。

そして、店の雰囲気にも少し慣れ、玲奈との接し方もおぼろげながら理解した紳介が自分の仕事の大枠を話すと、玲奈は「自分の夢は教師になることなんです」と答えた。それを聞いた紳介は、その日初めて心の底からの笑顔を作り、口角を持ち上げたまま言った。

「教師かー。素晴らしいね。いや、夢を持っている人って本当に輝いてるよね」


そのとき、少し離れた席に男性二人組の客がいた。酔いが回ってきたのか、それまで以上に彼らの声が大きくなり、やがては会話の内容が紳介と玲奈にも聞こえ始めた。

「今月の稼ぎは三千万？　株ってそんなに儲かるのか！　なんだか、すし詰めの電車に揺られて毎日通勤している俺ってバカみたいじゃん」

「そう思うならお前も株でもやれよ。人生なんて楽しんだ者勝ちなんだから。努力こそが美徳だなんて考え、俺は義務教育の最大の負の遺産だと思うよ」

「確かに、学校は一番大事な金儲けについては教えてくれないもんな。そのくせ、お上の作ったカリキュラムどおりに別の無駄なことを教えてる教師も考えてみると哀れだな」

そのセリフに紳介の顔から笑みが消し飛んだ。

「もっと痛いのは、教師になって自分も子どもと一緒に成長するのが夢なんです、みたいなこと言ってる奴。俺、『夢』って聞くだけで虫唾《むしず》が走るんだよね。だって、人生なんて所詮は死ぬまでの暇つぶしじゃん。でも、教師は『みなさん、大きな夢を持ちましょう』だろ。で、現実は俺みたいなサラリーマンを量産してるって、あー、くだらねぇ」

次の瞬間であった。紳介が険しい表情で立ち上がった。

「お楽しみのところ申し訳ありませんが、今の発言、撤回してください」

「え⁉」

男二人は一瞬キョトンとした顔で紳介を見たが、すぐに紳介側に座っていた株式トレーダーの頭の中で爆竹が破裂したらしい。

「なに？　俺達がなに話そうが自由だろう。なんだよ、発言を撤回って！」

「言葉のとおりの意味です。別に株で儲けてる自慢話はどうでもいい。ただ、日々懸命に子どもと向き合い、教育について悩み、考えている教師を『哀れ』と言った発言。さらには、夢を持って頑張って生きている人達を蔑《さげす》む発言。そうした発言を取り消してくださいと言ってるんです。それに、この世にサラリーマンになることを強要している教師がいるとは思えない。自分で選んだ仕事なのに、それを義務教育の押し付けであるかのように現実逃避をするなんて卑怯にもほどがある」

するると、株式トレーダーの頭の中で今度は大きな花火が爆発したようだ。また、「卑怯」と図星を突かれたもう一人も怒りが頂点に達し、彼らは紳介の胸ぐらを掴んで怒声を上げた。

「てめえ。黙って聞いてれば。こっちは男二人だぞ。やるならやろうじゃないか。表へ出ろ！」

あまりの非常事態に玲奈は顔面蒼白になったが、持てるだけの勇気を振り絞って強い声を発した。

「喧嘩はやめてください！　でないと警察呼びますよ！」

「警察」の一言で、頭の中でくぐもっていた爆竹と花火の煙が消えたのか、株式トレーダーは
「あー、しらけたわ。二度と来るか、こんな店！」と言葉を投げ捨て、二万円をカウンターに乱暴に置くと、投資素人の仲間と一緒にその場をあとにした。

そんな彼らを横目に紳介の拳《こぶし》は怒りで震えていた。その拳を思わず包み込む玲奈。異性のたくましさを手のひらで感じ、玲奈の鼓動は高鳴った。

やがて、冷静さを取り戻した紳介がカウンターに頭をつけた。

「ごめん、玲奈ちゃん。営業妨害をしてしまって。でも、さっきのあいつらの発言、玲奈ちゃんを侮辱しているように聞こえて、気付いたら……」

「ちょっと、紳介さん。頭を上げて。紳介さんの気持ちはわかってる」

「そう言ってもらえると救われるよ。でも、玲奈ちゃんには本当に迷惑をかけてしまった」

「ううん。私、凄く嬉しかった。ありがとう、紳介さん」

このときから、二人は互いをファーストネームで呼び合うようになった。

酔ったときの紳介には口癖がある。

5

――レイチェルのような女性と恋に落ちたい――

だが、現実は映画のようなわけにはいかない。レイチェルのいないバー、ハーティー。それなのに、なぜ紳介は足しげく通うのか。玲奈にはそれが大きな謎だった。あまりにもやもやとした疑問。この視界の悪さがどうにも気持ちが悪い。

あれは、紳介も立派にハーティーの常連となった十か月ほど前のことだった。いつものように紳介の口癖を聞かされた玲奈は、『ハーティーで朝食を』を借りて観た。

主人公のジェイムスは、毎朝七時半になるとハーティーという喫茶店に姿を現す。そして、朝食を済ますと、八時五十分までモーニングコーヒーを楽しみ、それからオフィスに向かう。

これが日課だ。ヒロインのレイチェルは、そこで働くホールスタッフである。ジェイムスは、レイチェルが運んだコーヒーを片手に朝刊を読みふけるが、実はそれはかこつけに過ぎなかった。三杯も四杯もおかわりをし、自分の前にコーヒーを置く彼女に「Thank you」と声をかける。ジェイムスは、ただそのためだけにハーティーに足を運んでいた。

一方のレイチェルも、ジェイムスに熱い想いを寄せつつも、大手銀行勤務のエリートとホールスタッフでは不釣合いだと、彼の「Thank you」に笑顔で応えることで自分を満足させていた。これだけでも幸せなのだ、と。

だが、あるハプニングをきっかけにジェイムスとレイチェルの距離は急速に縮まっていき、やがてはレイチェルが、恥じらいに頬を染めながらもジェイムスに自分の気持ちを打ち明ける。そんな純愛映画だった。

レイチェルの告白シーンには思わず目頭が熱くなったが、それにしても彼女の奥ゆかしさは、「強さ」を前面に押し出すことの多いアメリカ映画のヒロインとしては異色の描かれ方であり、映画がヒットしなかった原因もそこにあると玲奈は推察していた。

なによりも、洋の東西を問わずに男は女には慎ましさを求めている、というのがもしこの映画のテーマなのであれば時代遅れもはなはだしい。

ただ、玲奈は思った。

〈私、この映画嫌いじゃないな。レイチェルには共感できるし、それにジェイムスって案外私の好みかも〉

でも、玲奈の勧めるハーティーには、レイチェルみたいにシャイが服を着て歩いている女性はいない。では、紳介はハーティーのどこに魅力を感じているのか。映画を観てこの謎はさらに深まったが、ママと楽しげに話す紳介の姿に、彼の目的はきっとママなんだと結論づけることにした。そう思うことで、玲奈は謎を封印していた。

6

「今日は、玲奈ちゃんに大切な話があって来たんだ」

そう告げる紳介の顔は、これまでに見たことのない重厚なオーラを醸《かも》していた。

〈なにか、凄く真剣な表情ね。しかも、「大切な話」って……。え⁉ ひょっとして……〉

玲奈は、ドラマ顔負けの急展開に思わず頬を紅潮させた。

「つい先日、玲奈ちゃんがお休みの日にママから聞いたんだけど、玲奈ちゃん、教師になるのやめて卒業後もここで働くんだって?」

〈なんだ。深刻な顔して、そっちの話か……〉

玲奈は、「ええ、そうよ」とぶっきらぼうに答えながら、紳介お気に入りのカクテルを差し出した。

「『ええ、そうよ』って……。ちょっと待ってよ。教師になるのは玲奈ちゃんの夢だったじゃん。初対面のときにそう聞かされてから、俺、心の中でその夢をずっと応援してたんだ。それに、もう大学四年の夏休みだよ。そんな切羽詰まった時期に突然、教師になるのやめた、なんて話が耳に飛び込んできたら、それは気になるよ」

「うーん。簡潔に言うと、教師になるのは私の本当の夢じゃなかったってこと。まあ、前々から漠然とはわかっていたんだけど」

確かに玲奈は教育学部の国文学科の学生だ。だが、教師になりたいから選んだ学部ではなかった。

そもそも、十七歳の子どもに大学卒業後の進路まで意識しながらあの受験戦争を勝ち抜け、というのがどだい無茶な話だ。将来は、どんな業種でどんな職種に就きたいのか。「業種」と「職種」の違いなど日常会話ではほとんど話題に上らない高校生が、「どこでどう働くか」まで具体的にイメージできたら苦労はない。最初から学校だけでなく、学部まで選択させられて受験をすること自体がナンセンス。

これが玲奈の主張である。玲奈は、その地区では有名な進学校、ラ・ベルザ学園に通っていたが、偏差値、偏差値の毎日の中で、大学進学の時点では将来の夢に思いを馳せる余裕などどこにもなかった。その志望校が、天下の東日本大学ともなればなおさらである。

もっとも、一家言を持つ玲奈も、結局は御多分に洩れずに大学受験のときの選択が重くのしかかり、その後漫然と学生生活を送る中で、やがては自分の進路を教師に絞り込まざるをえなくなっていった。教師志望という選択は、いうなれば妥協の産物であった。


「教師が玲奈ちゃんの本当の夢じゃないことはわかった。じゃあ訊くけど、バーテンダーになるのが玲奈ちゃんの本当の夢なの？」

「ううん。夢は別にあるわ。でも、私だって明日のご飯の心配をして、来月の家賃の心配をしなければならない身よ」

「その夢では生活できないの？」

「すぐにはね。作家への道のりはそんなに簡単なものじゃないから」

「作家⁉ 玲奈ちゃん、作家を目指すのかい⁉」

紳介は、思わず驚きの表情を浮かべたが、すぐに慌てて平静な顔を作った。なんとも慌しい人面百変化。

作家なんてかたぎの職業ではない。教師の道を捨ててまでそんな不安定な職業を選ぶなんてどうかしている。紳介のそう言わんばかりの反応は、玲奈の察したとおりだった。また、紳介が動揺の色を見せた理由も玲奈は理解した。

少なくとも、映画の中のジェイムスは職業差別をするような男ではなかった。だからこそ、ホールスタッフのレイチェルと結ばれたのだ。それなのに、「レイチェルのような女性と恋に落ちたい」が口癖の自分が、作家という職業を見下すなんて自己矛盾もはなはだしい。紳介は、咄嗟にそのことに気付いたのだろう。

気まずそうにカクテルを流し込む紳介を見て、玲奈は一旦会話にブレークを入れた。

「ねえ、紳介さん。私もワインを飲んでもいい？」

「俺の奢りでだろ」

紳介は、玲奈のリクエストで完全に平静を取り戻すと、まんざらでもない笑顔を作った。そして、彼女のグラスにロゼを注ぐと乾杯をした。

「作家は昔からの夢なの。子どものときから物語を読むのは好きだったし、友達と遊んでいるよりも空想にふけっていることが多かった。そんな子どもだったわ、私」

「でも、ついこの間までは、教師になる、って言ってたじゃない。なにかが、玲奈ちゃんの心境に変化を与えたわけだよね？」

　随分と自分の進路に固執する紳介。なぜかはわからない。単なる興味なのかもしれない。でも、たとえ好奇心でもいい。ここまで自分の身を案じてくれる紳介にだけはきちんと説明しておきたい。

「教育実習の影響よ。私、前期に教育実習に行ったでしょう」

「ああ。ハーティーをお休みしていた期間だよね。小学校に行ったんだっけ？　そこでなにがあったの？」

「私が実習を受けたのは五年生なんだけど、私が行ったクラス。学級委員長が凄い人気者というか、人気者だから選挙で学級委員長に選ばれたわけなんだけど、その子に教わったの」

「教わったってなにを？　相手は小学五年生でしょう？」

　目を丸くする紳介を見て、玲奈は説明を続ける前にワインを口に含んだ。そして、それを飲み込むと口を開いた。

「その学級委員長、右足が義足だったの。二年生のときに事故で右足を失ったんですって」

「…………」

「しかも、事故に遭うまでは、将来の夢はサッカー選手だったと聞いて胸が締めつけられたわ。そうなると、その子とどう接していいのかさえわからなくなって。そこで、私、担任の先生に相談したんだけど……」

　すると、いつもは頼りなさげに言葉を選ぶ紳介が力強く言った。

「普通に接すればいいのさ。その子も普通なんだから」

　紳介の意見は、寸分たがわず担任の教師と同じであった。

　それから玲奈は、その学級委員長が「サッカー選手の夢は絶たれたけど、算数が好きだから将来は学者になってノーベル賞を取る」と躍動した声で夢を語っていたことを伝えた。

「あ、紳介さん。もちろん私は、ノーベル賞には算数はないのよ、なんて野暮なことは言ってないわよ。うふふ」

　紳介は、玲奈の軽口に一瞬頬をほころばせたが、下を向いて両手を組むと呟いた。

「強いな、その子は」

　玲奈は、紳介の心情を慮《おもんぱか》って少し間を作ってから、核心部分を口にした。

「それに比べて、私はなんだろうって思ったわ。子どものときから作家になりたいことは自分自身が一番よくわかっていたはずなのに、その思いを封印したまま、目的もなく大学に入って、本当はなりたくもないのに、教師になる、と周囲に吹聴して。事故に夢を奪われてもまた新しい夢を見つけてたくましく生きている少年を前に、誰に夢を奪われたわけでもないのに自分で自分の夢を奪い、自分を欺《あざむ》いて生きてきた。そんな自分が許せなくなったの。だから決心したのよ。作家になろうと」

7

翌日の火曜日も紳介はハーティーにやって来た。常連とはいえ、週の初めに二日連続で来店するのは珍しい。しかも、今日はお目当てのママがいないことは知っているはずだ。

「いや。銀行って月初は案外暇でね」

紳介が青いネクタイを緩めながら呟く。誰にとがめられているわけでもないのに、なんとも口実めいたセリフ。客なのだからもっと堂々と振る舞えばいいのだが、その洒脱《しゃだつ》のなさがいかにも紳介らしかった。

仕事には真面目に取り組むが、その成果をあまりアピールしない。だから、二十七歳にもなるのに社内の評価も今ひとつ。紳介はそんな男に見えた。紳介に恋人の匂いがしないのはそのためか。いや、もしかしたら、硬派な顔立ちとは不釣合いのたどたどしい言動が周囲には物足りないのかもしれない。もっとも、玲奈にとっては、その落差こそが紳介の魅力そのものであった。

紳介は、キープしたボトルはあるが、カクテルはいつも玲奈におまかせだ。玲奈は、紳介の胸元を見詰めながらカクテルの候補に思いを巡らせた。そして、「あれ」が脳裏をよぎった。

「はい、どうぞ。そのネクタイを見てたら『これ』が浮かんで」

紳介は、差し出された淡いブルーの液体を自分の顔を映さんばかりに覗き込みながら言った。

「おっ、『ブルー・ドリーム』じゃない。これ、俺が初めてハーティーに来たときに玲奈ちゃんが作ってくれたカクテルだよ。って、覚えてないか」

紳介は、自分から振った話を自分でしめると、照れ臭そうにグラスに口をつけた。そして、ミントを噛んだときのように瞼に力を込めて両目を閉じた。

〈ブルー・ドリーム。青い夢……。あ、そうだ〉

玲奈は、自分の十八番のカクテルを楽しんでいる紳介を見詰めながら、ふと、「夢の無色の法則」のことを思い出した。

「紳介さん。夢には色がないって知ってる？　あ、今の『夢』は夜、寝ているときに見る夢。個人差はあるらしいけど、少なくとも私の夢には色はないわ」

「え、そうなの？　うーん。あまり意識したことないな」

そこで玲奈は、多くの人の夢は無色の世界であることや、なぜ人間は夢に色があると勘違いするのか、そのカラクリを説明した。紳介は、グラス片手に興味深げにうなずいていたが、玲奈の説明が終わると口を開いた。

「じゃあ、玲奈ちゃん。『夢の透明の法則』って知ってる？」

「透明？　無色、じゃなくて？」

「うん」


「夜の夢」には色がない。ところが、「未来の夢」には色どころか姿さえない。確かに、もし一キロ先に夢がいて、毎日たとえ一メートルというわずかな距離でもそこに近付いている実感があれば、挫折する人なんかいない。努力して歩みを進めれば、夢の姿は着実に大きくなり、いつかは必ずたどり着けるからだ。だが、夢は透明な存在であり、人間の目にはその姿は映らない。だから、人間は挫折する。言い換えれば、姿が見えないからこそ、ある日突然叶うのも夢の特徴だ。


「なるほどね」

玲奈は、紳介の話に多少大袈裟に感服してみせた。しかし、紳介は悪戯っぽい笑みを浮かべると、突如自ら持論を否定した。

「なーんてね。玲奈ちゃん、夢は見えるよ」

「え？」

「夢には色もあれば姿もある。『信念』さえ持っていればね。もし、それが見えないとすれば、それは信念がない証拠だよ。夢に『執着』している状態さ」

〈「信念」と「執着」。どこかで聞いたような話ね……〉

それが、二年前に初めてハーティーに足を踏み入れたときにママから聞いたセリフだと思い出すのに時間は要しなかった。

「紳介さん、両者の違いはなに？」

「うーん。そうだね。じゃあ、猿を思い浮かべて」

「猿？」

「うん。そして、その猿なんだけど、壺に入ったピーナッツを取ろうと拳一杯に握り締めたものだから、壺から手が抜けなくなってしまった。ピーナッツを離せば壺から手が抜けるのに、ピーナッツがあきらめきれないから、もはやそんな簡単なことにも気付かない」

そう言うと、紳介は玲奈の目の前で拳を作った。まるで玲奈に念を送っているかのようなたくましい拳。紳介が初めてハーティーにやって来た日。教師という職業や夢を追う人間を嘲《あざ》笑っていた二人組の男性客を追い返したあとに震わせていたのもこの拳だ。あのとき、紳介は

やさしさと正義感を併せ持った人間の気高さを教えてくれた。その拳が、頬ずりできそうな距離で中空に浮いている。

「この猿のような状態を『執着』と言うんだ。要するに、焦燥感に駆られるばかりで、夢の姿を見失っている状態だね。夢が姿を消しているんじゃないよ。自分の目が見えなくなっているんだ。すなわち、『夢は透明だ』という人は、言い換えれば『私は執着しています』って告白しているのと同じなんだよ」

玲奈は、無言で聞き入っていた。

「一方で、夢の姿を視界に捉えながら計画的に精一杯努力する。これが『信念』さ。そして、この信念を持たない人に夢を語る資格はない」

そこまで話すと、紳介はグラスを空にした。

「玲奈ちゃんは猿になっちゃ駄目だよ。執着だけはいけない。愚かな人がすることとさ。もし、作家という夢が透明な存在だとしたら、決して安易に目指すべきじゃないよ」

「信念」と「執着」。さっぱりわからなかった両者の違い。だが、今は草木が夜露を吸うかのように体中に浸み渡る。

〈ピーナッツを握り締めた猿か〉

紳介の思いの熱さか。寓意はしっかりと玲奈の心に刺さった。

「紳介さんって、ちょっと私の父に似てるわ」

「玲奈ちゃんのお父さんに？」

「うん。私の父も私が中学に入った頃から時々人生哲学的な話を聞かせてくれたの」

「ふーん。でも俺と玲奈ちゃんのお父さんでは格が違うよ。だって、人生哲学なんて偉そうなことを言う資格は俺にはないから。俺のはただの与太話だよ」

紳介は白い歯を見せながら笑い皺を作ったが、夜の夢の話をしたためか、玲奈の脳内に先日から少し気になっていた映像が浮かんだ。

「ねえ。紳介さんって枕をベッドのどこに置く？」

「枕？　そりゃあベッドの中央に置くよ」

その答えを聞いたとき、玲奈は紳介に悟られないように小さく拳を握った。

「ごめん、紳介さん。今の話は忘れて。それこそ与太話だから」

そのとき、紳介の「うん、わかった」という相槌にかぶさるように別の声が店内に響いた。

8

「玲奈さん。今日はあがらせてもらっていいですか？」

陶器を思わせる白い肌と、それとは対照的な艶のある黒髪。化粧室から出てきた彼女の背後には無人のテーブル。今日はテーブル席に客はいない。彼女のことだ。接客の必要がないのをこれ幸いに、化粧室に閉じこもって親指一本で遠方の誰それと夢中で会話でもしていたに違いない。

〈まあ、早引けした分はバイト代から差し引けばいいか。それよりも、遊んでいる人間にお金を払うほうが無駄よね。ママも、明日説明すればわかってくれるわ〉

「いいわよ。あがりなさい。お疲れさま」

儀礼的なねぎらいの言葉をかけ、玲奈は再び紳介との会話に戻る体勢を整えた。すると、肝心の話し相手が、帰り支度を始めている彼女を見ながら呆然と口を半開きにしている姿に遭遇した。玲奈は、紳介の様子に一瞬戸惑ったが、すぐに二人にそれぞれを紹介しておく必要性に思いが至った。

「紳介さん。この子、恵梨香《えりか》ちゃん。出勤は不定期だけど、この夏休みからハーティーでアルバイトで働いてるの。学校は違うけど、私より二つ下の大学二年生よ」

恵梨香は、紳介に向かって軽く頭を下げたが、それは会釈ではなかった。一方の紳介は、微笑すら拒む恵梨香の薄茶色の瞳を凝視している。

「で、こちらが常連の紳介さん。『長谷川《はせがわ》さん』でもいいわよ」

だが、紳介も無言で頭を下げるだけだった。表情も石像のように硬い。なんとも重い雰囲気を察して、玲奈は二人の分まで精一杯の笑顔を作った。

「紳介さん、おかわり？　同じものでいい？」

紳介は、もごもごとした呻《うめ》きとともに首を縦に振った。だが、磁石に吸い寄せられた砂鉄のように、その視線は恵梨香から離れない。そして、玲奈がいよいよ不審に思い始めたとき、紳介は肺の奥から絞り出すように声を発した。

「え、恵梨香ちゃん、っていうの？」

「はい。はじめまして、長谷川さん」

「あ、ぼ、僕のほうこそ、こんばんは」

当然にして玲奈は呆れた。

〈なにが「僕のほうこそ、こんばんは」よ。そんな奇妙な自己紹介、初めて聞いたわ〉

しかし、胸中で呟く玲奈を尻目に、紳介は首だけをひねり、黒目を精一杯右に寄せて無人のテーブルを一瞥《いちべつ》すると、親指を立ててその空間を指差した。

「いつもはテーブル？」

「はい。まだワインも選べませんし、カクテルも作れないので、テーブルで団体の相手をしています」

「そうか、テーブルか……」

紳介は、明らかに次のセリフを探していたが、恵梨香はそんなことはまったく意に介さずに言葉を捨てた。

「じゃあ、玲奈さん。お先です」

「うん。お疲れさま」

玲奈は、恵梨香の後ろ姿を見届けるとおかわりを紳介に差し出した。しかし、紳介はポケットから財布を取り出している。

「あれ、もう帰るの？」

「あ、ああ。今日は忙しかったせいか酔いがまわるのが早くて」

〈なによ。月初は暇だって言ってたくせに〉

玲奈は、喉まで出かかったセリフを飲み込むと、カクテルを指差しながら言った。

「これ、どうするの？」

「え？　ああ。もちろん、お金は払うよ」

紳介は、チャージとカクテル二杯分の代金を支払い、二杯目には口もつけずに去って行った。

「おかわり、って言ったのに。どういうこと、これ？」

玲奈は、今度は不満を声にした。そして、無人の店内を見渡し、手付かずのカクテルをやけ気味に胃袋に落とすと、瞼をきつく閉じた。

「うーん。このミント味、我ながら爽快ね」

——これ、俺が初めてハーティーに来たときに玲奈ちゃんが作ってくれたカクテルだよ。って、覚えてないか——

「覚えてるわよ」

9

水曜日も紳介はやって来た。三日連続というのも驚きだが、それよりも、紳介が友達連れで来店したことに玲奈は当惑した。

二本指を立てたあと、それらを一度折りたたみ、次に親指を立ててテーブルを指差す紳介。いつもと違うジェスチャーは、それまで標準語で話していた友人が、突然自分にはゆかりのない方言でまくしたて始めたような不快さだ。玲奈は顔を曇らせた。

「玲奈ちゃん、紹介しておくよ。こいつ、同僚の中井《なかい》。俺と違ってアグレッシブな奴でね。エリートコースまっしぐらだよ」

するると、中井がすかさず反論した。

「なに言ってるんだよ。アメリカの大学院でMBAまで取ったエリートが。長谷川は、創業資金を貯めたら銀行を辞めて独立するんだろう。三年か四年後くらいか？　それがわかっているから、会社もお前を厚遇しないだけじゃないか」

〈え！　なになに。紳介さん、アメリカでMBA？　ってことは、英語はペラペラ？　いえ、そんな次元の低い話じゃない。英語でテストを受けてあの難しいMBAを取得してるんだもの。……。あ、なるほど。だから紳介さん、アメリカ帰りのママと波長が合うのね〉

声にはならない独り言を玲奈はさらに続けた。

〈でも紳介さん、この一年間、MBAのことは一言も話さなかった。一度たりとも自分の優秀さを自慢することはなかった。それに、紳介さんにも夢があったのね。きっと、強い信念でその夢を視界に捉えているから「夢は透明じゃない」って自信を持って言いきれるんだわ〉

「エリートコースまっしぐら」と紹介された中井は、まんざらでもない表情で目線を玲奈の顔の上に置いた。見とれているわけではなく、それは単に品定めという作業に思えた。こうした粗野な客は年中やって来る。それなのに、今は頭の血管に湯が流れる。

卑しいまなざしから逃れたくて、視点の定めどころを懸命に探す玲奈。そのとき、紳介の胸元が視界に入った。

赤いネクタイだ。紳介は「勝負に来た」のだ。

二人がテーブル席に着くと、カウンターの奥で脚を組み、紫煙をくゆらせながらソーシャルゲームに興じていた恵梨香が、重たそうに尻を上げた。「ちっ」という舌打ちが聞こえた。

「じゃあ、玲奈さん。テーブルに行ってきます」

カウンターからは恵梨香の顔は見えない。彼女はきちんと接客しているのだろうか。やきもきしながら玲奈がテーブル席を気にかけると、相好を崩している紳介が見えた。とりあえず、恵梨香は最低限の仕事はしているようだ。にもかかわらず、いや、だからこそ、安心ではなく不安が下腹部でうねる。

ママは、アメリカ人の友人に懇願されて恵梨香を雇うことにしたと言っていた。本音を言えば、ここで働いてもらいたくないとも言っていた。

「なーに。きっと三日で辞めちゃうわよ」

ママの予言が当たって欲しい。そう願いつつも、恵梨香はかれこれ二週間、ハーティーに籍を置いている。

紳介は、薄ら笑いがこびりついた顔で恵梨香に向き合っている。玲奈には、紳介のその心情がどうにも理解できなかった。

「今日はキープしてあるボトルでいいよ」

遠くから紳介の淡白な声が聞こえる。

〈今日は、私の作るカクテルは用なしなのね〉

玲奈は、紳介のボトルを探しながら、自分を納得させる答えを探していた。そして、ボトルを見つけると同時に「それ」を見つけた。

「似てる！」

玲奈は心の中で呟いたつもりだったが、それははっきりと声として発せられた。

二人は確かに瓜二つだった。レイチェルと恵梨香。顔立ちも、身長も、スレンダーな肢体も。レイチェルはイタリア系アメリカ人と日本人のミックス。そして、恵梨香も東洋と西洋のミックスの女の子。

玲奈はすべてを理解した。

10

紳介は、中井という援軍がいるためか、昨夜、恵梨香と挨拶を交わしたときとは別人のように舌が滑らかだった。玲奈は、彼らの会話を聞いていたわけではない。聞こえてしまうのだ。男二人の笑い声が鼓膜を揺さぶる。援軍の中井は、精一杯紳介を持ち上げている。その見返りは、ここの料金は紳介持ちということなのだろう。

紳介は、ビジネスパーソンの苦労など考えたこともない、可愛い女子大生を中心に世の中は回っていると信じてやまない女の子の気を引こうと、必死にレベルを合わせた会話を繰り広げている。昨日の今日でどうやって仕入れたのか、女子大生に人気のYouTuberのネタまで披露しているが、恵梨香に受けている様子はない。恵梨香は、背中を揺らして笑うこともなく、その背筋はピンと伸びたままだ。

映画の中では、その奥ゆかしさが無愛想だと勘違いされていたレイチェルと、無愛想が「特定の人」には奥ゆかしく映る恵梨香。紳介は、レイチェルと恵梨香は、容姿ばかりか接客態度もそっくりだと感じているだろう。そして、ますます恵梨香の姿をレイチェルにダブらせているに違いなかった。

玲奈は、余計な労力を強いられることになったこの状況を呪っていた。とにかく、テーブルのほうを見ないように心がけた。

空咳をして腕時計に目を落とす。この動作を何回したことか。玲奈は、彼女の到着を待ちわびていた。そして、息苦しさを感じ始めた頃、やっと玲奈にも援軍が現れた。その日のママの端正な顔は、いつにも増してきらびやかだった。


「ママ！　こちら、暇ですからカウンターに座ってください。私、カクテル作りますから！」

帰宅した主人を見て跳ねる子犬のように玲奈の声が弾む。

「あら、そう。じゃあ、カシスをいただこうかしら、ウーロンで」

そう言ってカウンターに座ったママは、首をひねってテーブルに目を向けた。

「あれ？　紳介さん、珍しいわね。お友達と一緒ね」

「ええ。先ほど、同僚の中井さんという方を連れていらっしゃいました」

玲奈は、ママと自分の分、二杯のカシスウーロンを作ると、一つをママに差し出した。

「ありがとう」

ママは、グラスを手に取り、カシスウーロンを口に含んだ。

その後、ママとの会話は大いに盛り上がった。玲奈は、ママの一言一言に、笑ったり、驚いたり、感心したり。だが、それでもやはり雑念が混じる。気持ちをかき乱す臭気を発散している場所に時折り目線を投げてしまう。ママは、そんな玲奈のしぐさに気付かない振りをしてくれていた。

そのとき、玲奈の目に、真っ赤な顔をした中井が恵梨香の手首を握って紙切れを掴ませようとしている姿が飛び込んできた。

〈え!? なにあれ? お札? チップってこと? ちょっと、なにを考えているのよ、あの人〉

恵梨香が困惑している様子が背中からも伝わってくる。

「中井、やめとけよ」

紳介も中井の不作法を制しているが、「まあ、そう言わずに」と、中井は無理やり恵梨香に紙切れを握らせた。

「じゃあ、いただきます」

「そう来なくちゃ。まあ、手付金みたいなものだと思って。じゃないとなにも始まらないでしょう」

「おい、中井。なにも始まらない、じゃないだろう。それに、恵梨香ちゃん。さっきの話、もし本気で言ってるなら、俺は到底賛成も応援もできない」

「いや、長谷川の応援なんてむしろ邪魔なだけだから。お前は黙って見てろよ」

「…………」

中井に軽くお辞儀をする恵梨香。玲奈とママが話し込んでいる間に、脇役だったはずの中井が主役に転じ、逆に紳介が中井の引き立て役に成り下がっていたようだ。

「アメリカでは、日焼けで真っ赤になった人を『ロブスターのように赤い』って言うけど、さながら今の彼も『ロブスター』ね」

ママは後頭部に目でも付いているのか、中井を一瞥もせずにグラスを見詰めたまま呟いた。

〈ロブスターか。確かに、言い得て妙ね〉

ママの侮蔑が聞こえたわけではないだろうが、憮然とした表情でついに紳介が立ち上がった。

「中井、帰るぞ」

見越したとおり二人分の支払いを済ませた紳介は、カウンターの前を通るとき、ばつの悪そうな顔をした。一方のロブスターは、千鳥足でどこまでも上機嫌だった。

〈あの二人、明日も来るんだろうな。銀行は月初は暇だって言ってたし〉

玲奈は、胸が悪くなった。

11

案の定、木曜日も紳介は中井と一緒にやって来た。躊躇《ちゅうちょ》した様子で店に足を踏み入れる紳介と、すでに鼻の下を長くしている中井。二人とも、昨日とは正反対の顔をしている。今日は、支払いは折半というところか。

しかし、玲奈の一言で二人は同じ顔になった。

「え！　恵梨香ちゃん、休みなの！」

猛烈な剣幕で詰め寄る中井。玲奈は、一瞬、食べられるんじゃないかと身構えた。

無断欠勤の前科三犯。休みの可能性は高い。しかし、遅刻かもしれない。どちらなのか自分にもわからない旨、玲奈は告げた。

「ちっ、来月までおあずけか。まあ、渡すものは渡してあるし、お楽しみはそれからだな」

中井は吐き捨てると、紳介を残して去って行った。

二人だけの店内に気まずいムードが流れる。

「ねえ、カクテル、見繕ってよ」

先に耐え切れなくなった紳介が声を発したとき、同時に、カウンターの奥で玲奈のスマートフォンの着信音が鳴った。

「あれ？　ＬＩＮＥだ。あ！　ひょっとして恵梨香ちゃんかも」

玲奈はスマートフォンを手に取った。予想どおり恵梨香からだった。

「恵梨香ちゃん？」

「ええ」

「休みなの？」

「ええ」

「まあ、とにかく飲もう。玲奈ちゃんも付き合ってよ、奢るから」

まだ互いにぎこちなさの残る二人だったが、乾杯をしたら幾分空気は和らいだ。

「玲奈ちゃんには『夢の姿』はきちんと見えてるの？」

紳介は、やはり玲奈の進路が気になるのか、再び夢の話を持ち出した。

玲奈は、力強くうなずいた。

「そうか！　じゃあ、作家になるのはれっきとした玲奈ちゃんの信念ってわけだ。俺、思うんだけど、信念を持って生きてこそ、人は存在してるって言えるんじゃないかな。ほら、最近、

『信念なんて面倒なものは持たないほうがいい』みたいな風潮があるじゃない。確かに、そうした悲観主義者はある意味、楽に生きられるよね。だって『実現するはずがない』とあきらめた世界が実現するんだから、逆説的に言えば、マイナス思考で願った世界は百パーセントの実現率だ。でも、そんなの、チャレンジする権利を持ってこの世に生を受けた者に対する冒涜《ぼうとく》に思えてしかたないんだ」

紳介の主張に、玲奈は心の底から賛意を示した。

「だけど、くどい、って怒らないで欲しいんだけど、どうしても一つ、解せないことがあってね」

「なに？」

「いや。作家を目指してこその玲奈ちゃん。それこそが玲奈ちゃんの夢であることはわかったけど、なぜハーティーなんだい？　別に、教師をやりながらでも作家は目指せるよね？」

紳介の意見はもっともだ。だからこそ玲奈も、それに対する回答を用意することを忘れてはいなかった。

「ほら。ここで働いていれば、色々な人に出会えるじゃない。色々な人生に出会って、色々な価値観に出会って。その体験って、絶対に小説を書くのに生きると思うの」

客と過ごす時間が作家になるための肥やしになる。この模範回答は半分は真意だった。しかし、残りの半分。客の中に「あの人」がいるから。玲奈は、この動機だけは永遠に自分の胸にしまっておこうと考えていた。

「なるほどね。でも、客商売も大変だよね。いい客ばかりじゃないもんね。中井みたいな奴もいるし。あーあ。中井を連れて来たのは大失敗だったな。この先、面倒なことが起きなければいいけど……」

〈え？　どういうこと？　まさか紳介さん、まだ恵梨香ちゃんのことを……〉

「ねえ、玲奈ちゃん。どう思う？　あいつのこと？」

「中井さん？　そ、そうね。なんて言うのかしら。アグレッシブって言うか」

玲奈は、かろうじて無難な表現を探し当ててそれを口にしたが、紳介は即座に否定した。

「違うよ。プシーなんだよ、あいつは」

「プシー？」

「うん。『プシー』は『push』に『y』を付けた『プッシュ』の派生語で、文字どおり『強引』とか『押しが強い』って意味なんだ。日本人は、なんでもかんでも『アグレッシブ』を使いたがるけど、アグレッシブは必ずしも悪い意味ではない言葉だよ。だから、中井がアグレッシブって言うのはどうかな」

さらに紳介は、「プシー」はアメリカでは普通に使われている言葉だと補足した。

〈でも、中井さんをアグレッシブだと私に紹介したのは紳介さんのほうなのに……〉

「プシーね。ふーん。さすが、ＭＢＡは英語力が違うわね。お見それしました」

「なんだよ、それ。なんか皮肉っぽいな」

皮肉だった。

玲奈は、我ながら嫌な女だと眉根を寄せたが、そのあと飛び出した紳介の一言で、その表情のまま凍りついた。

「ねえ、玲奈ちゃん。恵梨香ちゃんのＬＩＮＥ、俺に教えてくれないか？」

12

「俺、明日から夏休みなんだ。実家に帰省しなきゃならない。そして、夏休みが終わると仕事が猛烈に忙しくなる。次にハーティーに来られるの、来月になっちゃうと思うんだ」

「だ、だから？　それと、恵梨香ちゃんのＬＩＮＥとなんの関係があるわけ？」

「なんの関係、って。ＬＩＮＥがわかれば、ハーティーに来られないときでもメッセージが送れるじゃん。ほら、あの子、奥ゆかしいから、昨日俺とのＬＩＮＥ交換、恥ずかしがっちゃってさ」

玲奈の心臓が早鐘を打つ。

〈紳介さん、やっぱり気付いてないんだ。恵梨香ちゃんは違う。紳介さんが思っているような子じゃないのよ〉

玲奈は、小刻みに震える右手を伸ばしてスマートフォンを手にすると、それを両手で掴み直して液晶に視線を落とした。

「ちょっと、そのスマホ貸して」

無言の玲奈に痺れを切らした紳介はスマートフォンに手を伸ばしたが、玲奈は手の甲で彼の手を振り払った。

「そんなの教えられるわけないでしょう。恵梨香ちゃんのプライバシーの侵害だわ。それに、紳介さんは会社でもそうやって気軽に女性とＬＩＮＥ交換をするの？」

「まさか。会社の女性社員のＬＩＮＥなんて一人も知らないよ。聞けるわけないじゃん。会社にはコンプラの問題もあるし」

「それなのに恵梨香ちゃんのＬＩＮＥは平然と聞くのね。あのね、紳介さん。夜の店にも、夜の女にも一定のルールとマナーはあるの。馬鹿にしないで！」

「……。た、確かにそうだね。ごめん。今のは百パーセント、俺が悪かった」

言って紳介は頭を下げた。しかし、次に発した言葉に玲奈は追い打ちをかけられた。

「じゃあ、恵梨香ちゃんのインスタのアカウント教えてくれる？　彼女、昨日、インスタやってるって言ってたから」

紳介はそこまで恵梨香にご執心なのか。きっと、中井に先を越されるのではないかという焦りもあるに違いない。玲奈は、もはや平常心を保つことは不可能であると自覚し始めた。混濁した意識の中で、かろうじて恵梨香のインスタグラムを自分のスマートフォンに表示し、しばし液晶を見詰めた。

そして言った。

「駄目。やっぱり、教えられない。こんな、裏でこそこそって恵梨香ちゃんに悪いもん」

「ちょっと待ってよ。鍵垢もしてないインスタだよ。しかも、インスタやってますって言ってきたのは恵梨香ちゃんだよ。頼むよ。俺、どうしても恵梨香ちゃんと連絡を取りたいんだ」

玲奈は色と言葉を失った。

「ご、ごめん。無理なものは無理。それに、紳介さんはとっくに気付いてると思うけど、私は底意地の悪い女なの。だから、ＬＩＮＥはもちろんインスタも教えない。私が、他人の幸せのために一肌脱ぐような女に見えて？」

一気にまくし立てた玲奈の瞳は充血していた。涙がこぼれないように、玲奈は懸命に瞼を閉じるのをこらえている。

「待ってよ。底意地悪い、なんて言ってないし、これまでにそんなふうに思ったこと一度もないよ」

それでも玲奈は無言を貫いた。

雰囲気がこれ以上ないくらいに悪くなる。

「わかったよ」

ため息混じりに言うと、紳介はメモ帳を一枚破り取って、そこに文字を書き込んだ。

「これ、俺のメアド。これを明日恵梨香ちゃんに渡してくれるかな。これなら、プライバシーの侵害にはならないでしょ？」

そう告げはしたものの、紳介もその場に居たたまれなくなったのか、メールアドレスを書いた紙と代金をカウンターに置くと、うつむいたまま席を立った。

玲奈は、紳介が店から去ったことを音で知り、痙攣を始めていた瞼を閉じた。涙が伝う頬を両手で覆って座り込む。

静寂の中で、むせび泣く声だけが鉛のように重たい空気を震わせていた。

13

「ほら、玲奈。隣、いらっしゃい。あなたの分のカクテルも用意してあるから」

「はい。今行きます」

紳介が夏休みに入って数日が経過した頃、珍しくママが玲奈に「話がある」と告げた。そして、ママは閉店後のハーティーをその場に選んだ。

玲奈がママの横に座るとママが言った。

「今日は乾杯はやめておきましょう。では、どこから話そうかな」

〈どこから？　ママ、そんなにたくさん話があるの？〉

「じゃあまず、恵梨香についていくつか話したいんだけど、あの子には辞めてもらったから」

「え？　解雇ですか？」

「そうね。もっとも彼女は、自分から辞めてやった、みたいにあちこちで吹聴してるみたいだけど」

ママは苦笑しながらカクテルを口に運んだ。

「ママ。私の立場で言うのもおこがましいんですけど、解雇は当然だと思います。度重なる無断欠勤に遅刻。それに、なによりも接客態度の悪さを考えると」

「玲奈がそう思うのも当然ね。だけど解雇理由はそれじゃないの」

「え？」

「玲奈。落ち着いて聞いてね。話の前にカクテル飲みなさい」

玲奈は言われるままにカクテルを一口、口に含んだ。

「遠回しな表現はしないから覚悟して。私が恵梨香を解雇したのは、あの子がハーティーのお客様相手にパパ活を持ちかけたから」

「え！　パパ活って⁉」

「玲奈も知ってのとおりよ。恵梨香、一緒に食事をする見返りにハーティーのお客様からお小遣いをせびろうとしてたのよ」

当然にして玲奈は狼狽した。まったく思い当たる節がない。となると、やはり訊かずにはいられなかった。

「そ、その。恵梨香ちゃんがパパ活を持ちかけた相手って……」

「中井さん。紳介さんの同僚の。しかも、中井さんは恵梨香のパパになる気、満々だったらしいわ」

「あ、ありえない。このハーティーでパパ活って」

玲奈の胸中でマグマが爆発しそうになったが、そのとき彼女の頭に疑問がよぎった。

「本当に許せない話ですけど、ママはなぜそのことを知ってるんですか？」

「玲奈は当然、そう思うわよね。ここからが話の本題だから。まず、情報源は紳介さん」

「え！　どういうこと？」

「そんなの、紳介さんから普通にＬＩＮＥが来て、そのあとは電話で話したわ」

「あ、そうなんですか」

玲奈は、ママと紳介がＬＩＮＥでつながっていることに複雑な気持ちになったが、オーナーと常連客がそうしたつながりを持つのはむしろ当然だと自己完結を試みた。

「紳介さん、みんなのことを心配していたわ。なによりもまずは恵梨香。『恵梨香ちゃんにパパ活はやめるように伝えたい。もっと自分を大切にして欲しい。彼女の気持ちを変えたい』って言ってた」


――俺、どうしても恵梨香ちゃんと連絡を取りたいんだ――


〈紳介さん……。そういうことだったのね。恵梨香ちゃんと連絡を取ってパパ活をやめさせたかった。だけど、彼女のパパ活については私には話せない。……。紳介さん、苦しんでいたのね〉

玲奈の黙考が終わるのを待っていたかのようにママが口を開く。

「紳介さん、自分が説得するから恵梨香ちゃんはクビにしないであげて欲しい、とも言っていたわ。ただ、それ以上に、彼女がハーティーを貶《おとし》めようとしたことには相当怒っていたけど」

「……。ママ。気を悪くしないで聞いてください。恵梨香ちゃんをクビにしないで、というのはいかにも紳介さんらしいですが、それは恵梨香ちゃんのことが好きだからじゃないですか。その、決して『やさしさ』とかではなく」

「ふーん。玲奈は紳介さんをそんな男として見てたんだ。私はてっきり、あなた、紳介さんの最大の理解者だと思ってたけど」

「でも、その、恵梨香ちゃんは……」

「レイチェルに似てる、なんて馬鹿なことは言わないでね」

「え！」

「そんなこと、恵梨香を面接したときに気付いてたわよ。それに、紳介さんが驚いて舞い上がるであろうことも。だけど……、そうね。こう仮定して。もし玲奈の大好きな芸能人そっくりな人が突然客として現れたら、あなた、平常心でいられる自信ある？」

「い、いえ。それは胸がドキドキすると思います」

「でも、その人はあなたの好きな芸能人本人ではないのよ。ましてや、そもそもその芸能人だってただの『憧れ』で『愛』ではないでしょう。そんな『かりそめの情熱』なんて三日も持たないわよ。まあ、あなたはそもそも二年前、まさしくこの場所で、かりそめの情熱しか持てないつまらない男に振られた経験があるから臆病になる気持ちもわかるけど」

玲奈は無性に泣きたくなった。すべては自分の独り相撲だった。勝手に勘違いをし、紳介への想いまで揺らぎそうになっていた。そんな自分が許せないという悔恨の念に押しつぶされそうになった。

それに気付いたママが、雰囲気を変えようと明るく話をつないだ。

「ねえ、玲奈！　実は私も興味があるんだけど、紳介さんって彼女、いるのかな？」

「え？　それは……。私も断言はできませんが、紳介さんからそういう雰囲気を感じたことはありません。少なくとも、誰かと同棲しているってことはなさそうです」

「それは、誰情報？」

「誰というか、紳介さんは枕をベッドの中央に置いて寝るって言ってたので、同棲はないかな、なんて」

玲奈が恥じらいながら言うと、ママは思わずクスッと笑った。

「ふーん。玲奈もなんだかんだと距離を詰めにいってるじゃない」

「いえ、私はそういうんじゃ……」

「だけど考えてみて。紳介さんはこの店の常連になって、結構すぐに私のＬＩＮＥを聞いてきたわ。そのとき私思ったの。あー、紳介さんに振られちゃったって。うふふ。まあ、それは冗談だけど、大切なことは、紳介さんは玲奈にはＬＩＮＥを聞いてないってこと。なんでだと思う？」

「…………」

「じゃあ、玲奈はどうして紳介さんにＬＩＮＥを聞かないの？　あんなに仲良しなのに」

「それは……」

「今、玲奈に答えを詰まらせたその気持ちがすべてよ。紳介さんも同じ気持ちだったらいいわね」

ついに、玲奈の両頬に二本の小川ができた。自然と両肩を震わせる玲奈。

ママは、そんな玲奈の肩に慈しむように手を置くとグラスを空にした。そして、言った。

「本当にどうでもいい情報だから伝えるの忘れるところだったけど、最後の話題。中井さんが恵梨香のパパになる心配はないから。紳介さんが中井さんに『お前、バレたら銀行に居場所なくなるぞ』って脅したらすぐにおとなしくなったって」

14

とても充実していたとは称し難い夏休みを終え、紳介の仕事に忙殺される日々が始まった。

結局、恵梨香からメールは届かなかった。玲奈に自分のメールアドレスを渡したあの日の折り合いの悪さを考えれば、玲奈が恵梨香に自分のメールアドレスを渡してくれなかったのは火を見るよりも明らかだった。

それに、玲奈はなぜあそこまで非協力的なのか。公開鍵の恵梨香のインスタグラムすら教えてくれなかったのはさすがに釈然としなかった。

もっとも、ハーティーのママに恵梨香のパパ活の件は相談したし、それでも彼女がパパ活をするというのであれば、もはや自分にできることはない。少なくとも、紳介は中井にはしっかりと釘を刺した。恵梨香は夜の店で一日接客を受けただけの関係であり、それもほぼほぼ彼女と中井の会話を聞いていただけであることを考えると、紳介でなくてもお役御免だと考えるであろう。

それよりも紳介は、現実の女性を映画のヒロインにダブらせて有頂天になってしまった自分の軽薄さを唾棄《だき》した。

外は連日晴天に恵まれていた夏、紳介の心だけは苔が生えそうにじめじめとしていた。

その日も深夜残業にいそしんでいた紳介は、ふと周りを見渡して部屋にいるのは自分一人であることに気付いた。紳介は、パソコンで時刻を確認すると呟いた。

「やばい、もうこんな時間か。俺も帰らなきゃ。終電を逃しちゃうぞ」

紳介は、スマートフォンを机に置いてパソコンの画面で「終了」をクリックした。そして、電源が切れるのを確認して立ち上がろうと思った矢先、スマートフォンからメールの着信音が鳴った。滅多にメールをしない紳介にとっては聞き慣れない音であり、紳介は終業を迎えた安堵が減殺《げんさい》された気分になった。

「誰からだろう?」

咄嗟にスマートフォンを開いた紳介だが、次の瞬間、立ち上がることも忘れて前のめりになった。

——こんばんは、恵梨香だよ。

長谷川さんのメアド、中井さんに教えてもらったんだ。ほら、あの日、中井さんが手付金とか訳わからないこと言って恵梨香に自分のメアドを書いた紙を手渡したでしょう。まったく、手付金ならメアドじゃなくて金よこせって感じ。で、伝言ゲームみたいに今、長谷川さんにメールしてるってわけ。

あのとき、恵梨香、「パパ活」なんて変なこと言っちゃったけど、気が変わったから。だって、長谷川さん以外の男とご飯なんて考えられないし。

そういえば、あれは長谷川さん達が来た二日後かな。確か金曜日だった。玲奈さんが長谷川さんのメアドを書いた紙を恵梨香に渡そうとしたんだけど、恵梨香、「いらない」って断わっちゃって。てへへ。ごめんね。

でも、あのときの玲奈さん、「お願いだから紳介さんにメールしてあげて」って、しつこいっていうか、ぶっちゃけうざいっちゅーの。天下の東日本大学だかなんだか知らないけど、頭が良過ぎて、逆に頭悪いんじゃないの、あの人。

だけど、恵梨香と長谷川さんは両想いだもんね。恵梨香、そんなことに気付かないほどイタくないから。玲奈さんとは頭の出来が違うから。だから、長谷川さんにだけ恵梨香のインスタ教えてあげるね。このメールを読んだらすぐにチェックして。

あ、それから、恵梨香、ハーティー辞めたから。今はキャバで働いてるよ。だって、時給が全然違うんだよ。もう、ハーティーなんて馬鹿らしくなっちゃって。

ということで、新しいお店について教えるから絶対に来てね。お店の名前は——


人生でこれほどまでの時間の浪費があるだろうか。それに、長谷川さん以外の男とご飯なんて考えられないって、それはただのキャバ嬢の同伴だろう。紳介は、メールを読んでいた今の時間はなんだったんだと思いつつも、機械的に恵梨香のインスタグラムのURLをタップした。そこには、キャバクラのドレスを着た恵梨香の写真が三枚固定されていた。彼女がインスタグラムのアカウントを教えてくれたのは、この写真を見せたかったためであることは明白だった。

そして、その下には彼女のプライベート写真が並んでいたが、上のほうに「#寝起き」「#すっぴん」のハッシュタグで、ベッドの上で自撮りをした写真があった。

〈寝起きのすっぴんでこれか。確かに見た目だけならお世辞抜きでキュートだ。でも、後ろの枕がやけに目立つな〉

ピースサインをする恵梨香の後ろには、イケメンのアニメキャラがプリントされた派手なカバーの枕がベッドの左側に置かれていた。

その瞬間、紳介の脳裏に玲奈のあの問いかけが去来した。


――ねえ。紳介さんって枕をベッドのどこに置く?――


そのとき、紳介は深慮もせずに「ベッドの中央」と答えたが、では恵梨香の枕の右側の無人のスペースはなんなのか。もはや考えるまでもなかった。

〈恵梨香ちゃんは「独り」をアピールしたくて右側の枕を咄嗟にどかしたんだろうけど、インスタって難しいな。「匂わせ」ない行動が逆に「匂わせ」になっちゃうんだもんな〉

そう心の中で吐き捨てた刹那、紳介の視界がグニャリと歪んだ。

「ひょっとして……。玲奈ちゃんが俺に恵梨香ちゃんのインスタを教えなかった理由はこれか！」

真相を目の当たりにし、紳介の心臓は壊れんばかりに鼓動を速《はや》めた。体中を猛烈な勢いで血液が循環する。

そのとき、再びメールの着信音が鳴った。

「なんだよ。また恵梨香ちゃんの営業メールかよ」

紳介は、吐き捨てながらメールを開いた。

——紳介さん、こんばんは。玲奈です。

突然のメール、ごめんなさい。先日、紳介さんがメアドを書いた紙をくださったので。あ、でもあれは恵梨香ちゃん用でしたね。図々しいですね、私。

お仕事、頑張っていますか？　でも、無理のないようにほどほどにしてくださいね。夏バテはしていませんか？　痩身《そうしん》の紳介さんのこと、ちょっと心配しています。

実は、紳介さんに謝らなければならないことがあります。先日受け取ったくだんの紙。私、恵梨香ちゃんに渡さなかったんです。

「なんで私が恋のキューピッドしなきゃならないの！」って思ったら、どうしても渡す気が起きなくて。もちろん、恵梨香ちゃんは紳介さんのメアドを知りたがっていましたよ。

それに、恵梨香ちゃんのインスタのアカウントも紳介さんに教えてあげなかった私。自分の狭量さに自己嫌悪に陥っています。軽蔑されてもしかたがないと思います。いえ、嫌われてしまった覚悟はできています。

こんな私が働いているんじゃ、もうハーティーには来てくれませんか？　もしそうなら、私がハーティーを辞めます。だから、ハーティーを見捨てないでください。

でも、もし、もし、紳介さんがこんな私を許してくださるのなら――

画面の下端で文字が途切れる。紳介の気持ちは、画面をスクロールさせる人差し指より半歩先をせわしなく走る。そして、人差し指が気持ちに追いつき、次の一文が液晶に現れた。

――私は、いつもハーティーにいます――

それは、レイチェルがジェイムスに愛の告白をしたときのセリフだった。

紳介は、終電のことも忘れてすぐにメールを打ち始めた。思うように動いてくれない人差し指がもどかしかったが、一心不乱に文字を入力し続けた。

――玲奈ちゃん、紳介です。

ありがとう。

やさしい嘘をありがとう。

もし、あのとき僕が恵梨香ちゃんのインスタを知ったら、僕が落ち込むと配慮してくれたんですね。もっとも、あのときには恵梨香ちゃんに対してそうした特別な感情はまったく抱いていませんでしたが。それでも玲奈ちゃんは悪役を演じてくれた。それに、玲奈ちゃんが僕のメアドを恵梨香ちゃんに渡そうとしてくれたことも知っています。そして、恵梨香ちゃんがその受け取りを拒んだことも。

僕の気持ちを思い、恵梨香ちゃんをもかばう。その心配りに、僕も自分の気持ちを伝えずにはいられなくなりました。

玲奈ちゃんは、「自分の心を欺きながら生きてきた。でも、そんな自分が許せなくなって作家になろうと決心した」と言ってましたよね。実は、この一年間、僕のほうこそ自分を欺いていました。

ただ、なんとなく気になるだけの存在。それに、お店ではみんなの人気者。僕にチャンスなどあるわけがない。そうやって自分をペテンにかけてきました。結果、たった一日とはいえ、恵梨香ちゃんに心を奪われたりもしました。でも、玲奈ちゃんが教師になるのをやめると聞いて、夜も眠れないほどに玲奈ちゃんのことを心配している自分に気付いたとき、僕ははっきりと自覚しました。

たった一メートルのカウンター。でも、その一メートルが、僕にはとてつもなく遠かった。だけど、今は一メートル対岸のあなたを引き寄せたい。そう願っています。

僕は、明日、あるものを持って行きます。もし、こうして告白するまでに一年もかかる、しかもその告白をメールでするような不器用な僕の気持ちを受け入れてくれるのなら、それを受け取ってください――

15

翌日、約束どおりに紳介さんがハーティーにやって来た。約束どおりに、あるものを抱えて。それは、バラの花束だった。私は、もちろん受け取った。

それはもう愛おしくて、私は慈しむように頬ずりをした。一生、枯れないで欲しいと思った。でも、枯れるのはやむをえない。それが生命の法則。それなら、私達二人でもっと大きな花を咲かせよう。この両腕に抱えきれないほどの花束よりも、もっともっと大きな花を。

そのとき、ママの声がした。

「玲奈、紳介さん。これを召し上がれ」

「スイート・ラヴァーズ」だった。レモンとチェリー。なぜ、浮いているフルーツが違うのかと小首を傾げる紳介さん。

それを飲み終えたとき、私は、一向に筆が進まなかったあの小説が完成すると確信した。私にとっての処女作は、希望どおりにハッピーエンドの恋愛小説になりそうだ。

あまりに幸せで、私は夢でも見ているのかと怖くなった。夢なら覚めないで欲しいと神に祈った。

でも違った。これは紛れもない現実の世界。私の腕に抱えられたバラと紳介さんのネクタイを見て確信した。

どちらも鮮やかな赤だった。

――夢には色がない――

ビジネスカード

1

取引先からオフィスに戻った私を待ち構えていたのは、同僚の快活な声だった。

「星野《ほしの》さん。タッチリンク社、どうだった？　和久井《わくい》さんにお会いできた？」

私は、質問の主に「道塚《みちづか》くん」と言ってOKサインをかざすと、この日のためにげん担ぎでショートにした髪の毛に手ぐしを入れた。うなじで感じるエアコンの冷気がすがすがしい。

「へえ、ついにお会いできたんだ。ということは、結果はこれ？」

今度は、道塚が私にOKサインをかざす。大きな期待とわずかばかりの不安を内包した声で質問する道塚に、私はビジネスバッグを自分のデスクに置くと、微笑みながらうなずいた。

「そうか！　やったね！　さすが、星野さんだ！」

私は、周囲の視線が気にかかり、思わず唇の前で人差し指を立てた。道塚は、しまった、という表情をすると、顔を近付けて私に耳打ちをした。

「タッチリンクの広告出稿を取り付けたんだから、これで星野さんのマネージャーへの昇格は決まりだね」

「そんなことわからないわよ。決めるのは上のお偉いさんなんだから」

私は、ささやくように返答した。周囲の人間に聞かせるような話ではない。

ただ、道塚の言うとおりに違いなかった。ついに、タッチリンクは当社、インスパイアのフリーペーパーに広告を出稿する決断をしてくれた。しかも、これから二年間、合計で三百ページ分の広告枠の購入だ。この取引で私がインスパイアにもたらす利益は小さくない。こんな大型契約、今まで前例がないだろう。マネージャー昇格は決まったも同然だ。

いつものようにビシッと決めたスーツが、いやがうえにも私の気持ちを引き締める。

「いやいや、昇格は確定だよ。半年前に島田《しまだ》部長がこの案件を星野さんに一任したときのセリフを忘れたの？『この商談が成立したら、星野さんをマネージャーに推薦します』って、あのセリフ」

もちろん、覚えている。一秒たりとて忘れたことはない。


そもそも、タッチリンクと二年の長期契約を締結できれば、その利益を制作費や営業費に充当することでフリーペーパーの発行部数を百五十パーセントに増大できる。そう試算し、社内でプレゼンテーションをしたのは私だ。

しかし、私がその交渉を任されることはなかった――。

「タッチリンクとの交渉は私がやりましょう」

島田部長自らにそう名乗りを上げられてしまっては、入社六年目、弱冠二十八歳の私は譲歩するしかなかった。それに、島田部長にしてみれば、その交渉が成立すれば取締役の道が開けるかもしれない、千載一遇のチャンスとも言える。私は、島田部長にアシストを命じられ、交渉のための資料作りに追われることになった。発案者でありながら、完全な黒子だ。

ところが、交渉が始まって二か月も経つと、島田部長はさじを投げた。そして、交渉役を私に引き継ぐ処断を下したときに言ったのだ。

――この商談が成立したら、星野さんをマネージャーに推薦します――

このセリフの意味するところが、「やれるものならやってみなさい」という蔑《さげす》みに過ぎなかったことはわかっている。あの島田部長でさえ音を上げた案件なのだから。

ただ、そのときの島田部長の真意はどうあれ、私は「やってしまった」のだ。この状況で、前任の退社のために空席になっているマネージャーの椅子にふさわしい人物は誰か。考えるまでもない。当社の営業部にとっては、久しぶりの女性マネージャーの誕生だ。

私は、自分の椅子に腰かけると道塚に言った。

「その島田部長はどこにいらっしゃるの？　席に姿が見えないけど。早く部長に報告しないと」

「『喫煙所に行って来る』って、さっき席を外したよ。もう戻って来る頃じゃない。それより、星野さん。早速、今夜二人で昇格祝いなんてどう？　フレンチのいい店を見つけたんだ」

またただ。道塚は、「懲りる」ということを知らないのか。それとも、自分に都合の悪い記憶を消し去る特異な能力にでも恵まれているのか。

「ごめんなさい、道塚くん。この話をするのは十八回目だけど、私にはボーイフレンドがいるの。それに、この話は二回目だけど、まだ昇格が決まったわけではないわ」

私は、「十八回」のところにアクセントを置いて皮肉のこもったジャブを放ったが、道塚は、

「十八回は大袈裟だな。ボーイフレンドの話を聞くのは十六回目だよ」と軽いフットワークで身をかわした。実際には、ボーイフレンドに関する会話は五回目だった。

「わかったよ。その代わり、本当に昇格が決まったら、そのときにはまた誘わせてもらうよ」

いつもこの調子である。しつこいというか軽薄というか。だが私は、それも道塚の長所だと割りきっていた。だから憎めないのだろう。

インスパイアに入社したばかりの頃、私は女性社員の一部から随分と妬みを買った。

「会社は星野さんを顔で採用したのよ」

私にとっては許しがたい侮蔑だったが、同期の道塚が、一人また一人と根気強く説明と説得を繰り返すたびに、私へのやっかみは影を潜めていった。もっとも、道塚のそうした行為が私

を思いやってのものとは限らない。単に女性社員との会話の糸口が欲しかっただけかもしれない。しかし、結果として私は随分と心が癒され、雑音はシャットアウトされ、仕事に集中できるようになったのは事実だ。

それに、道塚と話をした女性社員達はみな嬉々としていた。長身でハンサムで、しかも弁の立つ道塚と会話をして悪い気がする女性はそうはいないだろう。

「おあいにくさま。何回誘われても答えは『ノー』よ」

「いや。そんなに何度も『ノー』とは言わせないよ。というか、これだけ懸命な姿を見たら、逆に次は星野さんのほうから俺を誘いたくなるんじゃないかな。なんとなくそんな予感がする」

「私、その予感、外れそうな予感がする」

私達は視線を交わすと、どちらからともなく笑みをこぼした。

「じゃあ、俺、席に戻るよ」

道塚がきびすを返すのを見ると、私は高揚した気持ちを抑えながら机の引き出しを開けた。

そして、分厚く膨れ上がった名刺フォルダーを取り出すと、「タ」行のページを開き、つい先ほど受け取ったタッチリンクの和久井の名刺をそこに収めた。

思い起こせば、この名刺を手にするために、どれほど靴底を磨り減らしたことか。和久井、いや、タッチリンクの部長にたどり着くまでに半年も要した。だが、部長を商談の場に引きずり出せさえすれば、必ずタッチリンクの牙城は崩せると確信していた。

そして、今日、その日を迎えたのだ。

私は、背中に溜まった乳酸が毛穴から蒸発せんばかりの長いのびをした。半年間の疲労も吹き飛ぶ感覚。満ち足りた気分だ。

もう一度、私は心の中で呟いた。

マネージャー昇格は決まりね。

2

私の報告を聞いた島田部長の反応は予想どおりのものだった。もちろん喜んでいた。それもそのはず。部下の手柄は自分の手柄でもある。それに、最近空振りの多かった営業部が放った久々のホームランだ。バットを振ったのは私だが、ピンチヒッターに私を任命したのは島田部長である。その動機やいきさつなど取締役のうかがい知れないところであり、今回の大型契約が島田部長の評価にも反映されることは間違いない。他部署の部長の前で肩で風を切って歩く島田部長の姿が目に浮かぶようだ。

もっとも、島田部長は喜びを満面の笑顔で表現したわけではなかった。片頬だけで笑っているような複雑な表情をしていた。しかし、これも想定内。自分の手には負えなかった交渉を部下が、それも若造が締結に漕ぎ着けたとなれば、内心愉快ではないことは容易に察しがつく。

若い女の武器でも使ったのではないか。島田部長の顔が、そう言いたげに歪んで見えたのは断じて錯覚ではない。まあ、入社して六年、とかく女につきまとう下劣な想像を浴びせられる酷遇には耐性ができている。たとえ時代が移り変わっていても、「女」という概念をそうそう簡単に覆せるものではない。それが島田部長の世代ともなればなおさらだ。

大きな瞳で鼻筋の通ったその小顔で百ページ。ブラウスを押し上げているその白い胸元で百ページ。肉付きの良い、しかしキュッと足首の締まったその脚線美で百ページ。合計で三百ページの広告枠がサクッと完売。島田部長の腹の内にあるセリフが、そのまま私の脳内スクリーンに転写される。島田部長は、頭頂からつま先まで私の全身に視線を這わせた。

別に、星野さんが優秀なわけではない。若い女だからでしょ。

島田部長の心の呟きが聞こえた気がした。

結局、島田部長からはなんとも中途半端に賞賛され、嫉妬され、私はようやく報告を終えた。

そして、島田部長がタッチリンクと交わす契約書を作成するために法務部に向かおうと席を立ったとき、半年にわたる私の一大プロジェクトが幕を引いた。

達成感と安堵感に包まれながら自分の席に戻る私。だが、その途中で腕を掴まれた。道塚だった。

「よお！　星野マネージャー」

端正な顔でウインクを投げる道塚を見て、私はこの充足感を彼と分かち合いたい、不思議とそんな衝動に駆られた。

「どう？　喫茶ルームに行かない？　食事の誘いはお断りだけど、その代わり缶コーヒーくらいならご馳走するわ」

「いいねー！　じゃあ、缶コーヒーでプロジェクトの成功とマネージャーの昇格を祝うとするか」

私は、喜色満面に立ち上がろうとした道塚の両肩を掴んで椅子に押し戻した。

「マネージャー昇格、は余計でしょう」

道塚は、私の手のひらが載った両肩をすぼめると、指で頬をかいた。

気が付くと、三十分も道塚と談笑していた。そろそろ席に戻ろうかと思ったが、道塚が話し足りないと言うので、私は一旦化粧室に中座した。

洗面所で、ハンカチで手を拭きながら鏡の中の自分を見詰める。私って、こんなにも晴れやかな表情ができるんだ。私は、目の前の自分に向かって呼びかけた。

「よお！　星野マネージャー」

躍る胸をクールダウンさせ、にやける頬を引き締めて喫茶ルームに戻ったとき、道塚のほかに誘ってもいない人物がいた。法務部で所用を終えた島田部長だった。二人は、なにかひそひそ話をしていた。

遠目にしばらく様子を見ていたが、やがて、島田部長がタバコを取り出し喫煙所の方向を指差した。タバコを吸わない道塚には喫煙所は遠慮したい場所だろうが、上司の誘いともなれば断りづらい。これから二人で、悪臭漂う喫煙所に向かうのだろう。

「あー、やだやだ。あんな空気の悪い場所で煙を吸い込んで。考えただけでぞっとするわ」

私は、一人で営業部の部屋に戻ることにした。

それから一週間後、事件は起きた。

3

私は、廊下の掲示板の前で呆然と立ち尽くしていた。そこに貼り出された辞令の文言に絶句し、思わず両手で拳を作った。動揺、いや、パニックと言ったほうがいいだろう。私は目を疑った。

無味乾燥な文字の羅列を解釈するに、私のマネージャー昇格は見送られたようだ。

どういうことだ。想定外のことが起きている。

島田部長でさえ手を焼いたタッチリンクとの契約を取り付けたのは誰だ。そうでなくても、私はこの数年、営業部で優秀な成績を残し続けてきた。ライバルと抜きつ抜かれつしながら、三位になったことなど一度もない。一位と二位が私の特等席だった。

そして、今回、前例がないほどの大型の商談をまとめた私は、押しも押されもせぬトップセールスをなしとげた。営業部のナンバー1がこの私であることは、ミジンコほども疑う余地のない事実である。

だが、辞令に記載されていたのは私の名前ではなかった。時に、私をトップの座から引きずり落としてきた男。辞令は、そのライバルのマネージャーへの昇格を高らかに告げていた。

拳を握った両腕が震える。息苦しいほどに動悸が高鳴る。汗ばんだ拳で掲示板を殴打しようとする私を、辞令を剥ぎ取りビリビリに引き裂こうとする私を、廊下ですれ違う人々の視線が制止する。掲示板を凝視しながら身じろぎもできない私。これでは、まるでみんなの慰《なぐさ》みものだ。

そのとき、私は友人の姿を視界に捉えた。役員室に勤務する山下《やました》だった。彼は、辞令の前で困惑している私を見ると、いたわりの表情ではなく鬼のような形相で私に近付いて来た。その乱暴な早歩きから、彼がむしろ私以上に激昂していることがわかった。

「星野さん。どう思う？　この人事」

山下は、無言の私にさらに詰め寄る。

「納得してるの？」

納得しているわけがない。ただ、錯乱状態で返答に窮しているだけだ。

「それに、今回の星野さんの功績のおかげで、役員室は島田部長の取締役昇格の話で持ちきりだよ。っていうか、もう決定だね」

それもそうだろう。タッチリンクとの契約がまとまれば自分は取締役だ。私にプロジェクトを引き継ぐときに、島田部長の顔にそう書いてあった。確信に満ちた表情だった。しかし、だからこそ、もし事が奏功すれば、その立役者である私がマネージャーに昇格するのも既定路線だったはずだ。

山下は、今回の不公正な人事のカラクリをとうとうと私に説明してくれた。それは、役員室に勤務する者でなければ知りえない情報だった。

「それからもう一つ、嫌な噂を聞いたよ。これは役員室とは無関係。俺の友人から聞いた話なんだけど……」

山下は、顔をしかめながら、そして言葉を選びながら、その「嫌な噂」を私の耳に入れた。

なんて卑俗な！

私の全身に毛虫が這う。一匹、二匹——。もはや数などわからない。

山下の話を聞き終えたとき、私の中から、一滴《ひとしずく》残っていた理性も、しとやかな女性でありたいとのプライドも消し飛んだ。辞令を破り取ってそれを握り締めた私の足は、島田部長の元に向かっていた。

4

島田部長は、営業部のあるオフィスの中ではなく煙の中にいた。

「部長、お話があります。喫煙所ではなく、別の場所にご移動願えますか」

島田部長は苦々しい表情でタバコをもみ消すと、会議室が空いているはずだと、その方向に歩みを進めた。部長と一緒にいた道塚は、私の剣幕にたじろいだのか、終始目を伏せていた。

それにしても、道塚はまた部長と一緒だ。自分はタバコも吸わないくせに、喫煙所で部長となにをしているというのか。いつから二人はそんなに意気投合したのか。

会議室に移動し、テーブルを挟んで対峙する私達。口火を切ったのは私だった。クシャクシャに丸めた辞令を広げると、テーブルにそれを叩き付けたい気持ちを抑えながら島田部長に差し出した。

「部長。これ、どういうことですか？」

「え？『どういうこと』ってどういうこと？」

島田部長は口が寂しいのか、タバコの代わりにガムを噛みながら白《しら》を切った。

「私がタッチリンクの案件を引き継いだとき、部長は、この交渉をまとめたら次のマネージャーはこの私、星野だ、と仰いましたよね」

そう言い寄られても、島田部長は微塵も動じることなく口内でガムを弄《もてあそ》んでいる。真っ赤な口紅を施した唇が上下に動くたびに、扇情的な唾液の音が聞こえる。派手めのメークで器用に皺の存在を消したその顔は、女の私から見ても華美な雰囲気が漂っている。一部の男性社員が、この人妻に熱を上げる理由もわからなくはない。大学生の子どもを持つ彼女は、二十代の私には持ちえない色香でその身を包んでいる。

「部長、答えてください。納得のいく説明をお願いします」

私の口調は自然と荒さを増す。きっと、目も充血しているだろう。これでも返答がないようだったら、私は机に拳を叩き付けていたに違いない。

私が右の拳を握ったとき、島田部長は重たい口を開いた。

「星野さん。私のセリフをもう一度思い出してちょうだい」

「覚えているから申し上げているんです。タッチリンクと大型契約を締結した今、その交渉役だった私がマネージャーに昇格する。その既定路線を敷いたのは島田部長じゃないですか」

「いいえ。既定路線でもなんでもないわ。星野さん、私はあのときこう言ったのよ。タッチリンクとの商談が成立したら、星野さんをマネージャーに推薦します、ってね」

「では、なぜ今回、私をマネージャーに推薦してくださらなかったんですか」

私は、無意識のうちに左の拳も握り締めていた。

「したわよ」

「え？」

「あなたをマネージャーにするように役員に進言したわ」

ついに、私の二つの拳が机の上で鈍い音を立てた。

「嘘はやめてください！　私、知ってるんですよ。部長は私をマネージャーには推薦していません。今回の交渉のいきさつを一部ご存じだった役員が、星野をマネージャーに、と他の役員に進言したにもかかわらず、それに猛反対してまで部長が私の昇格を阻止したことも知っています」

「あらあら。どこからそんなデマを仕入れたのかしら」

「デマではありません。役員室勤務の同僚から聞きました。それに……」

「ちょっと待って！」

役員室勤務の同僚。この一言に揺り動かされたのか、島田部長は私に向かって手のひらをかざすと、大きく息を吸い込み、その手を力なくテーブルに置いてかぶりを振った。その間に、次に発する言葉、言い訳を考えているようにも見える。

「私が、あなたの昇格を阻もうなんて考えるはずがないでしょう。確かに、役員の一人からあなたの名前は出たわ。そして、それはあなたをマネージャーに推薦したい私にとっても大きな後押しになると思った。でも、他の役員が反対したのよ」

嘘だ。その役員の一言で、他の役員も「それならマネージャーは星野に」と流れかけたとき、島田部長が強硬に反対したのだ。少なくとも山下はそう言っていた。それに、山下には作り話を私に吹き込む理由はないが、島田部長にはそれがある。

そこで私は、「それ」をえぐって島田部長を追い込もうと考えた。だが、私より一呼吸早く、島田部長が諭すように言葉を発した。

「いい、星野さん。今回の件は、私も本当に残念に思っているの。でも、マネージャークラスともなると、人事の最終的な決定権を持っているのは役員なの。そして、今回の人事はその役員会議で決まったことよ。私を恨みたければ恨みなさい。でも、経緯や理由はどうあれ、決めたのは役員なの。私じゃないの」

決めたのは役員。無念だがそれは事実だ。島田部長の妨害があったにせよ、最終決断をしたのは役員である。だが、少なくとも島田部長が私を推挙したなんて大嘘だ。私の確信は微塵も揺らがない。なぜなら、島田部長には「それ」、すなわち「嘘をつかなければならない理由」があるからだ。私が再度、「それ」を突こうとしたとき、突然島田部長が持論をぶち始めた。

「本当に、女って不利よね。あなたの今回の功績が正当に評価されなかった理由。私は、それはあなたが女だからだと思っているの。所詮は女。女は男より劣る生き物。女が男に仕事で勝てるはずがない。女にマネージャーが務まるわけがない。もうろくの始まっているような役員連中の中には、まだまだそんな化石のような固定観念に囚われている人も少なくないの。まったく、女性のリーダーシップやジェンダーレスが声高に叫ばれるようになって久しいのに、一部の役員の頭は二十世紀の状態で硬直してるの。本当に嘆かわしいわ」

高齢の役員には固定観念がある。その点だけは認めよう。しかし現実には、その化石達は、一方では仕事は部下に丸投げの島田部長の取締役への昇格を決定し、一方では私の昇格を見送っている。二人とも女であることに変わりはない。私は、矛盾に満ちた島田部長の欺瞞に、怒りを通り越して愛想が尽きた。

これ以上、この人を追及する気にはなれない。ますます自分が惨めになるだけだ。この人のレベルに自分を貶《おとし》めてどうする。それなら彼に訊いてみよう。そのほうが話は早そうだ。

5

私がレストランに入ったとき、彼は頬杖をつきながら遠い目をしていた。私は、何事か考えている様子の彼に近付いた。

「お待たせ」

「いや、全然待ってないよ」

言って、彼は一度席を立つと、私のために椅子を引いてくれた。

料理選びに真剣な顔を作る彼を横目に、私は一秒でメニューの右上の料理に決めて、彼にも早く決めるよう促した。注文を済ませて向き合う私達。先に口を開いたのは彼だった。

「ほら。やっぱり俺の予感、当たったでしょう?」

意味不明のセリフを吐けば、私の憮然とした表情をやり過ごせるとでも思っているのか。だが、彼は明らかに平静さを欠いている。

「当たった？　なにが当たったのよ」

「言ったじゃない。次は星野さんのほうから俺を誘ってくれる予感がするって」

「そんなんじゃないわ。それよりも、もう一つの肝心な予感は見事に外れたわね」

核心を突かれた彼は、居心地悪そうに目を伏せた。

「あなたの予感は外れ、私はマネージャーにはなれなかった。ねえ、今どんな気分かしら」

そして、私は彼の名を皮肉たっぷりに呼んだ。

「道塚マネージャー？」

道塚は、うなだれたまま消え入りそうな声を発した。

「いか……」

その声が判別できずに私が問い返す。

「え？　なに？」

「怒ってる、って言ったんだ」

「怒ってなにに？　誰に？　自分の思惑どおりに事が運んで、どこに怒る理由があるの？」

「ちょっと待ってくれ。俺の思惑どおりってどういうことだい？」

私は、ため息を一つつくと続けた。

「道塚くん。私、知ってるのよ。あなたがマネージャーになるためになにをしたのか」

道塚は、念のこもった私の瞳を見ると、窓の方向に視線を逃がした。そこには、飛行機に自分の存在を知らしめる航空障害灯をまたたかせた高層ビル群がある。道塚も、その障害灯のように目をしばたたかせ、そのまま無言になった。

しばし、二人を静寂が包んだが、私がそれを破ることにした。

「島田部長に取り入って、自分をマネージャーに推挙してもらうようにお願いしたのね。道塚くん。私、あなたを見損なったわ」

そのとき、二人分の料理が運ばれて来た。ステーキがテーブルの上に置かれる。だが、道塚は匂いも嗅ぎたくないといわんばかりにその異物を端にどけると、空いた場所に両手をついて頭を垂れた。

「ごめん、星野さん！　意図したことではないとはいえ、結果的に自分の軽率な行動が今回の事態を引き起こした。それは俺も自覚している。本当に申し訳ない」

私は、分別だけは失いたくなかった。今夜は、取り乱さないためにも、あえてホテルの高級レストランをその場に選んだのだ。そして、それ以上に、常にしとやかな女性でありたいとの信念だけは通したかった。だが、彼の嘘の前に、その信念がはかなく散った。私は、道塚同様にステーキを横に置くと、テーブルの表面に爪を立てた。

「意図したことではない？　ふざけないで！　だから私、知ってるって言ってるでしょう。マネージャーの昇格会議の前夜、あなたは島田部長と一緒にいた」

私の怒声が店内に響き渡る。周囲の客の視線が痛い。

「それは、そのとおりだけど……」

私の剣幕にひるみつつ道塚が答える。彼には、周囲の視線を気にする余裕はなさそうだ。

「いい？　あなたと島田部長がその夜、ホテルから出て来るところを目撃した人がいるの。あなたは自分の出世のために上司と関係を持った。それが、私の出世を阻むことだと知りながら部長と一線を越えた。なんて卑劣な人なの！　なんて不潔な人なの！」

「ちょ、ちょっと待ってくれ。なにを言い出すんだ、星野さん。俺がそんなことをするわけないだろう」

「この期に及んで言い訳するつもり？　自分でもさっき、自分の軽率な行動が今回の事態を引き起こした、って認めたばかりじゃない」

「確かに、先日部長に食事に誘われ、その誘いに乗ってしまったのは軽率だったと思う。言い訳がましいけど、それは何度も誘われた。最初に誘われたのは、星野さんがタッチリンクとの商談をまとめてきたあの日、星野さんが化粧室に姿を消したあとだった。その後も数回誘われ、断りきれなくなったんだ」

　道塚は一気に吐露すると、目の前の水を流し込んだ。

「って、こうなってしまった以上、やっぱり、なにを言っても言い訳だよね。少なくとも、マネージャー昇格会議の前日に取るような行動ではなかったと反省しているよ」

「ふーん。誘ってきたのは部長のほうだ、というわけね。じゃあ、言い換えれば、あなたは自分をマネージャーに昇格させるようにと部長に頼んではいない。それはあくまでも部長の一存だと主張するのね」

「信じてもらえないのかい？」

　道塚はかつて見たこともない真剣な表情だ。それに、後悔の色を浮かべたその顔も演技にしては出来過ぎている。どうやら、道塚はあながち嘘をついているのではなさそうだ。そんな思いがじわりじわりと胸を侵食する。

　私は、グラスを傾けると浮いていた小ぶりの氷を口に含んだ。この氷が口内で溶けるまでに考えを整理しよう。しかし、そう思うが早いか、私はすぐに氷を噛み砕いてしまった。まだ、胸の真芯には懐疑と興奮が鎮座しているのか。その様子を見て、道塚は努めて穏やかな口調で言葉を発した。

「わかった。あの日、どちらが食事に誘ったのか、それについてはこれ以上言わない。信じてもらえないならそれでいい。だけど、これから言う二つのことだけは信じてくれないか」

「二つ？」

問い返しながら、私はもう一度氷を口に含んだ。

「わかった。聞くわ」

「ありがとう。じゃあ、まず一つ目だけど、俺は部長とは関係は持っていない。ホテルで食事をしただけだ。たとえば、今、俺達だってホテルのレストランにいるよね。そして、このまま二人でホテルを出たからといって、俺達が関係を持ったことになるかい？」

「……。まあいいわ。で、二つ目はなに？」

「食事の最中、確かに部長は盛んに俺をマネージャーに推したがっていた」

――この数年、常にセールスでトップ争いを演じてきた道塚くんと星野さん。そのどちらかがマネージャー候補よ。だけど、星野さんは所詮は女。となると、誰がマネージャーにふさわしいのか。どちらが昇格すべきか。私は、道塚くん、あなたをマネージャーに推薦するつもりよ――

「島田部長にそう言われて、そのとき初めて、しまった、こんな大切な時期に部長と二人きりで食事をしている俺はなんて軽率なんだと気付いた。だからこそ、俺は毅然と反論するのが自分に課された責務だと思った」

「反論？」

「ああ。俺は部長に言ったよ。今の営業部でマネージャーにもっともふさわしいのは星野さんです。星野さんをマネージャーに推薦してください。それに、それはタッチリンクの案件を星野さんに引き継ぐときの約束だったはずです、って」

私は、再び氷を噛み砕いてしまった。道塚の瞳にはひたむきなまでの誠意が宿っている。

こんな状況では食欲など湧くはずがないが、私は渋々ステーキに添えられたサラダに手を伸ばし、それを咀嚼しながら道塚の「誠意」の意味も咀嚼しようと試みた。だが、混乱状態はいかんともしがたく、世俗的な質問が自然と口をついて出た。

「でも、道塚くんが毅然と反論しても、結局部長はあなたをマネージャーに選んだわけよね。ということは、なんらかの見返りを求められたんじゃないの？」

道塚は、まさにステーキに手をつけようとしていたが、私の問いにその手を止めた。

「派閥の旗振り役に任命されたよ」

「派閥？　旗振り役？」

「うん。島田部長もこれからは取締役だよね。そうなると、今後は常務、専務とさらに上が見えたわけだけど、そのときに物を言うのが自分の派閥らしいんだ。そして、島田部長には自分の派閥の旗振り役として人を集めるように言われたよ。なんでも、俺にはそうした『人を惹きつける力』があるらしい。それを買われたってところかな」

「ふーん。役職というのは仕事で出した結果や仕事に取り組む姿勢で決まるものだと思っていたけど、結局は数の世界なのね。幻滅したわ。ううん。そんなことも知らなかった私が甘ちゃんなのかな。で、道塚くんもその数の世界に足を踏み入れたってわけね。やったじゃない。これで道塚くんも出世街道まっしぐらね。一年後には『道塚マネージャー』じゃなくて『道塚部長』かしら」

「星野さん。それはひどいよ。そんな皮肉を言う星野さんは見たくない」

確かに、言い過ぎたかもしれない。心なしか道塚が小さく見える。

「道塚くん。私、道塚くんを悪人呼ばわりする気はないけど、悪人はそうやって群れるのよね。だから悪党っていうけど、そうじゃない人は仕事でもプライベートでも愚直に取り組む。もしそうした人を善人と呼ぶなら、彼らは群れない。だから善党なんて言葉、存在しないでしょう」

「……。悪党と善党か」

会話は、そこで途切れた。

私達は、すっかり冷め切ったステーキに思い思いにナイフを入れた。ここまでまずいステーキは生まれて初めてだった。

カフェインは人を興奮させるというが、稀に逆に作用するのか。食後のコーヒーを口に運ぶ頃には、二人ともかなり平静を取り戻していた。

道塚が言った。

「俺は、マネージャーになるために手段を選ばないような男じゃないよ。信じてくれるかい？実際、マネージャーにふさわしいのは俺じゃなくて星野さんだと思ってる」

「うーん。正直、その件はどうでもよくなっちゃった」

本音だった。道塚の瞳には一点の濁りもない。それに、彼の主張の真偽に興味は失せていた。自分のうかがい知れないところで起きていたこと。それがなにで、それがどうで。そんな想像をしてみても、道塚がマネージャーとなり、私はその競争には敗れたのだ。この結果が覆ることはもはやない。

「それよりも、今の私に必要なのは頭を冷やすことね」

「どうやってリフレッシュするの？　これからは星野さん、俺の部下だよ。そんな現実を受け入れられるの？」

道塚はこれからはマネージャー。私は、気の置けない同僚だった男の部下になる。はたして、受け入れられるのか。

「それは……、正直わからないわ」

「だったら、少し休んだらどうだい？　ちょっと早い夏休みだよ」

夏休み——。思い起こせば、入社以来働き詰めだった。年末年始はそれなりにまとまった休暇を取ってはきたが、夏休みなんて考えるゆとりもなかった。

「そうね。ちょっと早いけど夏休みを取ろうかしら」

「そうだよ。一週間ほど休むのがいいよ」

「一週間……。よし、その間に考えを整理することにするわ。ボーイフレンドともじっくり話したいし。四歳年下といっても、しっかり者で頼りになるのよ、彼」

思わず出てしまったのろけだが、それが思いがけずに場を和ませてくれた。道塚は、一度は唇の辺《ほとり》を緩めて安堵した表情を見せたが、すぐに私の瞳を覗き込んで再び真顔になった。

「星野さん。俺、予感がするんだけど」

「また予感？　もういい加減にしてよ」

「そう言わずに聞いてよ。今は俺のこと、半信半疑みたいだけど、夏休みが終わったら星野さんはきっと俺のことを百パーセント信じてくれる。そんな予感がする」

「さあ、その予感は当たるかしら。少なくとも、私がマネージャーに昇格するっていう自信満々の予感は外しているのよ、あなた」

だが、道塚は私の皮肉に屈することなく、自分に活を入れるように呟いた。

「うん、大丈夫。この予感は当たる」

6

翌日、ボーイフレンドと食事を終えた私は、帰宅すると、ソファーの上で両膝を抱き寄せ、膝頭の上に顎《あご》を置いた。このポーズは、まどろみながら思案するときの私の癖だ。

彼は、賞賛、慰労、悲憤の順序で、私が投げたボールを受け止めてくれた。真っ先に、タッチリンクとの商談に一人で臨んだ私の行動力、精神力を改めて誉めると、その労をやさしくねぎらってくれた。そして、契約に漕ぎ着けたにもかかわらずマネージャー昇格が見送られた私の不遇に、憤懣《ふんまん》やるかたない表情を見せた。

だが、その次に彼から発せられた一言が私の胸をえぐった。予期せぬセリフだった。

彼は、私がフリーペーパー業界で営業職をしていることに対し、今さらながらに疑問を呈したのだ。もっとも、彼にしてみれば、その思いはずっと胸中にあったそうだ。ただ、私の人生に土足で足を踏み入れたくない。私の選択を尊重したい。そうした配慮が、彼を静観させていたという。

私は、アメリカの大学を卒業するも、折からの就職難で贅沢が言える状況ではなかった。無論、フリーペーパー業界そのものには馴染みはなかった。しかし、私にはアメリカで鍛えたディベート力とそれに裏打ちされた交渉力がある。となれば、やはり営業だろう。この際、業種は問題ではない。職種で進路を決めるのだ。

そして私は、アメリカで四年間培った能力が評価されて、「希望どおりに」営業職として採用された。しかも、フリーペーパー業界では大手の一角を占めるあのインスパイアに見初《そ》められたのだ。

私が彼と出会ったのはその二年後、今から四年前のことだった。私は偶然に、母が亡くなった事故現場に花を手向けている青年を目撃した。そのとき私は、生まれて初めて「デジャヴ」なるものを体験した。既視感。初対面なのに、どこかで彼と会ったことがある。そんな不思議な感覚に心囚《とら》われた。

そして、当時大学生だった彼との交際が始まった。

今の仕事、今の交友関係、今歩んでいる人生。それが本当に私の心を豊かにしているのか。

こうした点に関して、これまで黙して語らなかった彼が、今日は溢れんばかりの情熱で私に問いかけてきた。

膝頭の上に置いた顎を支点に頭を左右に振りながら私は長考する。

アメリカに渡る前の、高校三年生のときの自分の夢。少なくとも、フリーペーパー業界で営業職に就くことではなかった。それだけは確かだ。ただ、日々の業務に忙殺される中で、元来の負けず嫌いが頭をもたげ始めた。厳しいセールス競争に勝ち続けたい。そんな自我に翻弄され、一日、また一日と、私が学生時代に描いた夢は色褪せていった。ついには、インスパイアの営業として出世することが私のすべてになった。

私は当初、通訳になりたかった。だからアメリカの大学を選んだ。しかし、渡米後、私の希望は徐々に変容した。英語が話せる喜び。外国人とのコミュニケーションが教えてくれる新しい価値観。国際人として生きることの素晴らしさ。これらすべてを一人でも多くの人に享受してもらいたい。私は、大学を卒業して帰国したら英会話学校を開こうと真剣に考えていた。

だが、それにブレーキをかけるもう一人の私がいた。過当な競争に勝ち抜けるのか。いや、そもそも、自分で起業するような資金がどこにある。

夢を断念してインスパイアに入社した理由をもっともらしく彼に告げると、彼の説法はますます熱を帯びた。彼は「詭弁《きべん》」だと言った。

当然競争は激しいし、起業資金も必要だ。だけど、競争が生まれるということは、裏を返せばそこに莫大な消費者ニーズがうごめいている証ではないのか。それに、最初から大きなテナントを借りて、数百名の生徒を集め、彼ら彼女らに教えるための教師を何人も雇うのであれば、明らかにそんな立ち上げ資金はない。しかし、その必要がどこにある。その気になればマンションの一室でスタートできるビジネスだ。まずは、私が自分一人で教えればいい。そして、評判が評判を呼び、生徒が増え始めたら、一人、また一人と教師を雇用して、やがては自分は経営に専念できる。

実は、彼に指摘されるまでもなく、私は過去に試算したことがあった。もし、自分が英会話の教師となって自分一人で事業を興したら、起業時にはどれくらい稼げるのか。だが、いかに楽観的に数字をいじっても、大手と言われる企業の年収には遠く及ばない。いや、経営者ともなれば、稼げる数字の前に「マイナス」が付く恐れすらある。私は、それだけは回避したかった。貧乏の「び」の字も聞きたくないほど怖気づいていた。

また、そのとき私は、小さな空間、一人の教師、たどたどしく英語を話す一握りの生徒、そんな情景を頭に思い描いてみた。脳裏に浮かぶ自分の姿はなんともみすぼらしく見えた。アメリカの大学まで卒業していながらする仕事ではないと思えた。スーツをバシッと着こなしたビジネスパーソンのほうがお洒落だと感じた。

もっとも、彼には、それこそが私の大いなる勘違いであると指摘された。もちろん、彼もビジネスパーソンを否定しているわけではない。ただ、少なくとも私は、会社にぶら下がって生きるタイプではないはずだと。

さらに、追い討ちをかけるように発した彼のセリフが、私の脳内でエコーのように響いた。

7

私は、自分で言うのもなんだが、確かに「できる」セールスパーソンだ。会社での成績がそれを証明している。

しかし、それは私一人の力なのか――。

彼に言われてはっとした。

そもそも、なぜ私はあれほど和久井との面談を望んでいたのか。和久井という人間に魅力を感じていたからか。でないことは言うまでもない。彼が部長だからだ。あのタッチリンクの部長だから、私は和久井の名刺が欲しかったのだ。

その証拠に、私の名刺フォルダーの中では、和久井の名刺は「ワ」行ではなくタッチリンクの「タ」行に収められている。

これは、私の名刺を受け取った人も同様に違いない。私の名刺を「星野」の「ホ」行で管理している人はいないだろう。「インスパイア」の「イ」行に直行のはずだ。すなわち、私は「星野」としてではなく、「インスパイアの星野」として商談をし、契約を取り付けてきたのだ。こんな当たり前のことに、今さらながらに気付かされた。

名刺。日本では当たり前のビジネスの必須道具。特に営業職ともなれば、これがなければなにも始まらない。自分を認識してもらい、相手を特定するための手段であるにもかかわらず、そこに書かれている一番重要な情報はなんだ？　会社名じゃないのか？　身も蓋もない言い方をすれば、「星野」は「インスパイア」の付随情報だ。繰り返すが、私は「インスパイアの星野」なのだ。

「名刺か……」

長い思案に少し疲労感を覚えた私は、コーヒーを入れるためにキッチンに向かった。

「こんな暑い日は、ホットよりアイスね」

アイスコーヒーにガムシロップを入れる。次にミルクを入れる。すると、乳白の渦が巻いた。その中心点を見詰めながら、いい年をして未だにブラックが飲めない自分の味覚に思わず苦笑したそのとき、脳内で声がした。

――大人になればブラックコーヒーがきっと好きになるよ――


そのセリフとともに、琥珀色の液体の中に笑みをたたえた人の顔が浮かんだ。

錯覚？　いや違う。確かに「あの人」の顔が見えた。

「そ、そうだ！」

私は、机に駆け寄ると引き出しを開けて奥に手を入れた。指先に触れたこれがそうだ。私はそれをつまんで取り出した。

もう、何年も見ていない。すっかり忘れ去っていた。だが、その名刺は机の中に保管されていた。

名刺の表には、人の名前と勤務先が書かれている。この名前の持ち主こそが「あの人」だ。

そして、私は名刺を裏返した。

真っ白だった。ただ一つ、その中心に描かれた黒い丸を除いては。


――周りが白いから、黒い丸がここに存在しているんだ。つまり、黒い丸が存在するための必要条件は、「黒い丸」が「黒い丸じゃないもの」と隣接していること――

十三年も昔の会話が、昨日のことのように蘇る。

あのとき、私は思った。

――この黒い丸が私。私の周りは「私じゃない人間」。だから私は存在してる。だから私は輝ける――

マーカーで描かれた、たかが黒い丸。だけれど、私にとっては、されど黒い丸。

あのとき、先生は照れ臭そうにしていたけれど、弱冠十五歳の私は先生の教えを理解した。

だから、この名刺は宝物にしようとポケットにしのばせた。私がアメリカの大学に行くという夢を強烈に意識できたのもこの名刺のおかげだった。

それなのに、その宝物をこんなに粗末に扱って――。

それに、私はいつから名刺に頼る人間になってしまったのだろう。会社名を気にして、肩書きに意欲を燃やして――。

「私、知らず知らずのうちに、黒い丸ではなく、周囲の白い紙に同化しようとしていた……。

私が私であるために、私はどうすべきなのか。どうしたら、この黒い丸のようにアイデンティティーを保てるのか。どうしたら、『星野菜々美』が『星野菜々美』でいられるのか」

まるで、エンボス加工のように浮き出て見える黒い丸が、再び私に気付きを与えてくれた。名刺に躍る文字に価値を見出そうと生きてきた私は、皮肉なことに、名刺の表ではなく、名刺の裏に教えられた。

黒い丸を指の腹で一さすりする。次の瞬間、私の決心は固まっていた。

8

「ちょっと、聞いた？　星野さん、会社辞めるんだってよ」

「聞いた、聞いた。やっぱり、マネージャー昇格が見送られた腹いせかしら」

「に決まってるわよ。平社員じゃ、私は有能なセールスパーソンです、なんて顔はできないもの」

「でも、だからってあの服装はなに？　最初、部屋着かと勘違いしたわよ。ご自慢のスーツはどうしたのかしら？」

私に聞こえないようにひそひそと話す同僚達。でも、私にはしっかりと聞こえている。いや、恐らく、聞こえるように話しているのだろう。他人の不幸は蜜の味だ。

それにしても、情報が漏れるのが早過ぎる。いや、リークしているのが辞表を受け取った島田部長であると考えれば、これくらいは十分に予見可能な展開か。辞意を伝えるたった二行の文面、そして日付と名前だけ。そんな紙切れでも、島田部長にとってはそれを吹聴するのがこらえきれないくらいの悦楽だったのだろう。


早めの夏休みを終えた私は、出社すると同時に辞表を出した。これから数日、引き継ぎ作業があるが、幸いタッチリンクとの商談をまとめた直後だ。やりかけの仕事はない。引き継ぎを終えたら、私はこのまま煙のようにこのオフィスから姿を消す。

辞表を提出したその日は、まずは身の回りを整理した。

机の中もキャビネットの中も、辞める人間にとってはゴミ屑同然の資料ばかり。こんなものを後生大事に保管していた自分につい失笑を禁じえない。次々にシュレッダーの中に姿を消していく書類群。なんとも言えない解放感だ。

夕方になる頃には大方片付いた。これだけ溜めるのに六年近くかかったというのに、処分に要したのはたったの数時間。唯一、分厚い名刺フォルダーだけが精一杯自分の存在を誇示しているが、これも私にとってはもはや無価値だ。明日からの引き継ぎ作業で、惜しみなくみんなに配ってあげよう。

その日、一つだけ気にかかることがあった。あの馴れ馴れしい道塚が、私の辞職に関して一言も問い質《ただ》さなかったことだ。別段、私を無視している様子はない。実際、瑣末《さまつ》な話題はいつもどおりに振ってくる。しかし、肝心の辞表の話題には一切触れない。しかも、意図的に避けているというよりも、本当に関心がなさそうな按配《あんばい》なのだ。

出世レースに敗れ去った者は、もはや興味の対象外なのか。それならそれでいい。皮肉でも負け惜しみでもなく、彼にはこれからも頑張って欲しい。

ね、道塚マネージャー。


そして、私は最後の出勤日を迎えた。昨夜同僚が開いてくれた送別会の疲れもあったが、引き継ぎも終え、私に残された時間もあと一時間ほどになった。手持ち無沙汰になった私は、ぼんやりと壁時計を眺めた。あの時計の短針が「5」を指したら、私の一つのチャレンジが終わる。そして、新たなチャレンジが始まるのだ。

そのとき、血相を変えてオフィスに飛び込んで来た女子社員が声を張り上げた。

「ちょっと、みんな！　道塚マネージャーが辞表を出したわよ！」

「え!?　嘘だろう？」

異口同音に驚きを隠さない社員達。

「冗談言わないでよ！」

騒然となるオフィス。

「嘘でも冗談でもないわ。今、会議室の前を通りかかったら、島田部長と道塚マネージャーが話していたの」

もしかしたら、オフィスの中で一番動揺していたのは私だったかもしれない。

どうして？　あれだけ仕事のできる人が。それに、マネージャーに昇格したばかりなのに——。

すると、今度は別の女子社員がヒステリックに叫んだ。

「そんな、島田部長が辞表を受け取るはずがないわ！」

「それもそうだ！」

あと一時間は私にとってまだ同僚である彼ら、彼女らは、再び異口同音に賛意を示した。もちろん、私も同意見だった。島田部長が承諾するなどありえない。それに、マネージャーに昇格したばかりでおいそれと辞職できるわけがない。私の辞職とは重みが違い過ぎる。しかも、道塚の昇格には「島田派閥の旗振り役」という「大人の事情」が絡んでいるではないか。

だが、私達の期待はいともたやすく裏切られた。

オフィスに姿を現した島田部長と道塚。二人の様子を見れば、話し合いがどのように決着したのかは確認するまでもなかった。

「マネージャー、本当に辞めるんですか！」

「道塚さん、考え直してください！」

混乱が波紋のように広がっていく。女子社員にいたっては、パニック状態と呼ぶのがふさわしいほどのうろたえぶりだ。

すると、顔面蒼白の島田部長に後ろ足で砂をかけるような勢いで、悲鳴が飛び交う中、道塚が私の元に歩み寄って来た。

「どう？　星野さん、俺のこと信じてくれるかい？」

「し、信じるって、な、なにを？」

呂律《ろれつ》が回らない。まるで、頸動脈を締め付けられたようだ。

「言っただろう？　俺は、マネージャーになるために手段を選ばないような男じゃないって。それに、マネージャーにふさわしいのは俺じゃなくて星野さんだと思ってるって」

「だ、だけど、どうして辞める必要があるの？」

「うーん。プライドの問題かな。実力度外視でお膳立てされたマネージャーのポジション。そんな居心地の悪い椅子に座ってこれから働けって言うのかい？　そんなの、俺の誇りが許さないよ」

「………」

「それに、そんな不公正な会社に未練はない」

「でも、道塚くん。あなたが実際に仕事ができるのは事実じゃないの。営業成績だって常にトップ争いをしていたし」

「確かに一番のときもあった。でも、タッチリンクの一件で状況は大きく変わった。もはや、俺は一番じゃない。このまま続けていても万年二番だろう。星野さんにはかなわないよ」

そう言うと、道塚は大袈裟におどけてみせた。

「で、どう？　もう一度訊くけど、俺のこと信じてくれるかな？」

私は無言でうなずいた。目頭が熱い。なぜだろう、と思ったときには涙が溢れていた。もはや、弛緩してしまった涙腺を自分でもどうすることもできない。

「よーし。ということは、俺の予感は当たったたってわけだ」

「よ、予感？」

「ほら、レストランで言っただろう。夏休みが終われば、きっと星野さんは俺のことを信じてくれる。そんな予感がする、って」

道塚の予感は見事に的中した。

9

その日の夜、先日のレストランで私と道塚は夕食をともにしていた。

「私が辞表を出したとき、驚かなかったの？」

「別に」

道塚は、私の問いに白い歯をこぼした。

「夏休みの間、じっくりと考えて星野さんが出す結論。俺には予測ができていたよ」

「どうして？」

「どうして、って。新入社員の歓迎会のときに星野さん、すでに言ってたじゃん。将来は独立したい、って。忘れたの？」

忘れていた。

「会社の規模がどうのとか、肩書きがどうのとか、そういうの、私の性に合わないし、って。これも覚えてないの？」

覚えていない。

「でも、今回の不公正な人事を受けて、夏休み中に星野さんは初心に返るだろうなって、そう思ってた」

どこまでも鋭い男だ。本当に、憎らしいくらいに。

前回はあんなにまずかったステーキ。今日はなかなかにいけていた。十分に堪能した私達は、食後のコーヒーを口に運んだが、同時に私は道塚が興味を持ちそうな話題を頭の中で思い巡らせた。そして、すぐに「黒い丸」の引き出しが開いた。道塚は、その話を興味深げに傾聴していたが、話半ばで「俺にもその名刺見せてよ」とせがんできた。

私がお守りのように大切にしまったそれを財布から取り出すと、道塚は嬉しそうに受け取ってから凝視した。私の宝物を慈しむ道塚。そんな彼の姿を見て、私の舌はつい滑らかになった。

「そう。英会話学校を始めるんだ……」

そこで道塚は言葉を切ったが、明らかになにかを言い淀んでいる。

「ふーん。やっぱり独立するんだ……」

道塚はなにを言いたいのか。こんな話下手の道塚を見るのは初めてだ。しかし、退職日に自分の計画を披露するなんて早計に失したかと後悔しかけた矢先であった。突如、道塚が身を乗り出した。

「星野さん。俺を、その学校で働かせてくれないか」

そして、テーブルに額をつけた。

「頼む、このとおりだ」

私が困惑したのは言うまでもない。まずは、一人で細々と始めようと思っていたのだから。それに、生徒募集はこれからという状況で、逆さに振っても道塚に払う給料など捻出できない。

「給料なんていつでもいいよ。多少の蓄えはあるしね。それに時間はお金以上にあり余ってるよ。俺、無職なんだから」

「そうは言っても……。あ！　そもそも道塚くん、あなた英語を教えられるの？」

言った直後に思い出した。道塚は帰国子女だった。

「お願いします！」

いつものおちゃらけた道塚ではない。目が本気だ。

「本当に私となんかでいいの？　今ならまだインスパイアに戻れるわよ。私の学校とインスパイアじゃ、下手したら年収なんて五、六倍違うのよ」

「五、六倍？　そんなの今現在の話だろう。未来のことはわからないじゃない。それに、俺もなりたいんだ」

「なりたい？　なにに？」

「『黒い丸』にさ」

まだ生徒もいないのに、一人の男が入社してくれた。

10

「そうだ。会社名というかスクール名、いい名前、思い付いたよ」

「え、なになに。聞かせて」

「星野さんの『星』と、道塚の『道』。それぞれの頭文字を取って『ロードスター』なんてどう？」

「ちょっと。どうして、私とあなたの名前を合体させるわけ」

「なに言ってんの。ちなみに台所用品の『サランラップ』だって、名前の由来は『サラ』と『アン』、開発者の妻達の名前なんだよ。縁起がいいじゃん」

「縁起はいいかもしれないけど、『ロードスター』じゃ車の名前じゃない。あ！　っていうか、それ、あなたの名前が最初にきてる」

「うっ。これは失敬なことを。お許しください、星野社長」

周囲の客は、二人の抱腹絶倒ぶりに不思議な生物に遭遇したかのような視線を投げかけてきたが、私達は気にも留めずに笑い続けた。

お腹の皮がよじれ、呼吸も困難になり始めて、やっと爆笑が収まってくれた。

「もう、顎がはずれるかと思ったわよ」

「ごめん、ごめん。それより、一つ心配事があるんだけど」

「え？　もう？　私、まだ経営計画、なにも話してないわよ」

「そうじゃなくて、五回、いや、先日ここで聞かされたから六回か。六回ものろけられた星野さんのボーイフレンドだけど……」

道塚は、正確な回数を覚えていた。

「俺達が二人で学校なんか始めて、彼、やきもち焼いたりしないかな。まだ、大学院生なんだろう？」

「それは大丈夫よ。彼には彼の夢があるし」

「彼の専攻はなんなの？」

「私もよくわかっていないんだけど、まあ、数学の中のなにか難しいことをやってるわ。彼、フィールズ賞を目指しているの」

「フィールズ賞⁉」

道塚は、本気なのか、といわんばかりに訝んだ表情を見せたが、彼に失礼だと思ったのか、すぐに言葉をつないだ。

「四年に一度しか受賞できない、ノーベル賞よりも難しいと言われているあのフィールズ賞か」

「ええ。でも、私は信じてるわよ。彼なら絶対に取れると。彼にとっては子どもの頃からの夢なのよ」

「へえ。子どもの頃にすでにフィールズ賞を意識するって、一体どんな子だったんだろう」

「もちろん、子どもの頃は曖昧模糊《あいまいもこ》としたものだったらしいわ。そもそも、ノーベル賞には数学がないことを知ったのは中学三年生の夏休みだった、って言ってたくらいだから。担任が教えてくれたそうよ。それより、彼、本来の夢はサッカー選手だったのよ。でも、それは断念せざるをえなかった」

「どうして？」

「右足をバスの事故で失ったからよ。小学校二年生のときに。彼も、私の母が亡くなったそのバスに乗っていたの」

道塚は、一瞬固まった。

「でも、彼はそれでも新しい夢を見つけた。与えられた環境の中でハンデに屈せずに大学院まで進み、来年からも講師として大学に残って研究を続けるの。だから、そもそも私と彼が仕事をともにすることはありえないのよ。私なんか、微分積分もわからないんだから」

「……。凄いな、彼は……」

道塚は、この場所にまるで彼がいるかのように、尊敬のまなざしを虚空に注いだ。

「そういうこと。これでわかったでしょう。彼は、私がほかの男と会社を興すくらいで動揺するような軟《やわ》な人じゃないってこと。もちろん、私と彼の関係もそれほど軟じゃないわよ」

「はいはい。ご馳走さま」

思わずのろけが出た私に、道塚は破顔一笑した。


レストランを出ると、私達はホテルの入口で固い握手を交わした。

まずは、私達二人でのスタートだ。

でも、一年後、三年後にはどうなっているだろう。

いや、上手くいくに決まっている。

あのインスパイアの営業部のナンバー1とナンバー2が手を組むんだから。

これ以上ない最強のタッグだ。


「じゃあ私、早速、彼に英会話学校の件、報告に行くわ」

「喜ぶだろうね、彼」

「もちろん、諸手《もろて》を挙げて応援してくれるわよ。もっとも、その前に驚くでしょうけど」

「確かにね。まだ今日は星野さんのインスパイア最後の出社日だっていうのに、これから創業する新会社ですでに人を雇った、なんて聞いたら誰だって腰を抜かすよ」

「しかも、スクール名まで決まっちゃった、って言ったら、きっと彼の顎が床まで落ちるわ。うふふ」

「え？　もうスクール名決まってるの？」

怪訝な表情の道塚。

私は、そんな彼から視線をそらすと空を見上げた。満天の星。さながら、暗幕に空いた無数の穴から暖色の光が漏れているかのようだった。

――あの星も、周りに同化しないから星でいられるのね。純也先生、ありがとう。私、また先生に救われました――

私は、両手を口の端に置くと、その中で一際明るい光に狙いを定めて叫んだ。

「ロードスター、アクセル全開！」

ボクはクスリ指

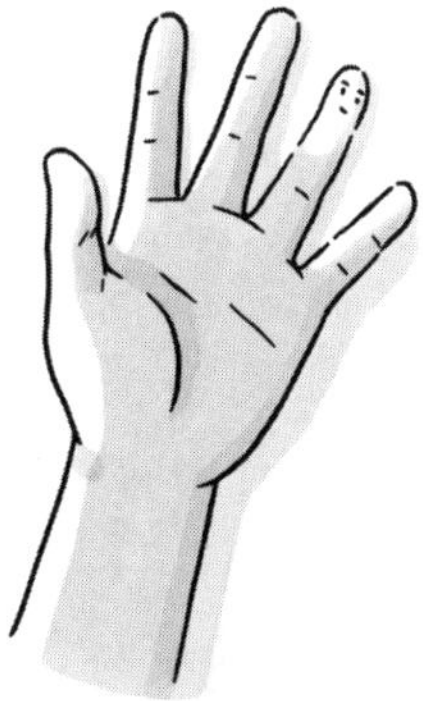

みどりちゃんは、かわいらしくて無邪気な女の子。年は六歳。ちょっと怒りっぽいけど、とっても気持ちがやさしいんだ。

え？　きみはだれかって？

ボクは「クスリ」。みどりちゃんのクスリ指。だから、ボクも年は六歳。

そうそう、ボクの家族を紹介しておくね。

ボクの三つ右どなり。みどりちゃんの親指がボクのお父さん。とってもたくましいんだ。

その左どなりがお母さん。みどりちゃんの人差し指。おむかいの右手の親指さんが、「クスリくんのお母さんは女性らしいね」っていってたけど、女性なんだから当たり前だと思う。わけわかんない。

そして、ボクとお母さんにはさまれた中指がお兄ちゃん。お兄ちゃんは背が高いんだ。

それから、左どなりがボクの妹。みどりちゃんの小指。おてんばで困っちゃう。

実はボク、最近悩みがあるんだ。そういう年ごろなのさ。

みどりちゃんが、小学校に入ってからピアノを習い始めたんだけど、思うように上達しなくてイライラしてる。その理由もはっきりしてるよ。悪いのはボクなんだ。

いつも、ボクがまちがえちゃう。鍵盤《けんばん》を押さえるのが遅れちゃったり、うっかり、妹が担当している音をボクが弾いちゃったり――。

おむかいの中指くんにいわれたよ。

「クスリは鈍いよな。なんでボクたちみたいに軽《かろ》やかに動けないの」って。

「そんな悪口はやめてくれ。私たちはみどりちゃんの右手と左手じゃないか。お互いに仲良くしよう」

お父さんはそう反論してたけど、中指くんのいうとおりだよ。たしかに、ボクはドンくさい。ホント、落ちこんじゃう。

そうしたら、お父さんがいったんだ。

「クスリ、前向きにがんばりなさい。お前の努力はきっとむくわれるから」


それから六年。

十二歳になったみどりちゃんは、ピアノコンクールに出場することになった。みどりちゃんの晴れ舞台。こんなにたくさんの人、初めて見たよ。壇上《だんじょう》のみどりちゃんは明らかに緊張してる。心臓の鼓動がボクにも聞こえたよ。

みどりちゃんが、ピアノの前に座って演奏を始める姿勢をとる。

ボクもドキドキした。ボクだけじゃない。たくましいお父さんも、おむかいのなまいきな中指くんも、みんな息をつまらせている。

そして、いよいよ演奏が始まった。


みんな、いつにも増してはつらつと鍵盤の上を踊っていた。

でも、やっちゃった――。

最近の練習ではいつも大丈夫だったのに、肝心の本番でボクは違う鍵盤をたたいちゃった。

一瞬、会場がざわめいた。

困惑したような客席の視線が突き刺さる。その痛みで、ボクは余計に動揺した。

その後のことはよく覚えていない。覚えていないくらいだから、上手に音をきざめたはずがない。

演奏を終えたら、会場からは割れんばかりの拍手が送られたけど、みどりちゃんは一礼して控え室に戻ると、ママの胸で大きな声で泣き始めた。

ピアノはもうやめる、っていってた。

そして、ボクをにらみつけてこういった。

「この役立たず！」

そう。ボクは役立たず——。

みどりちゃんに大好きなピアノをあきらめさせてしまったのはこのボク——。

それに、ボクなんかいなくても、みどりちゃんは決して困らない。むしろせいせいするだろう。

そのとき、お母さんがやさしくなぐさめてくれた。


「クスリ。この世に役立たずなんていないのよ」


本当にそうだろうか。でも、ボクはお母さんのことばを信じることにした。

だから、ボク、それからも自分なりに精一杯がんばったよ。

でも、ボクの役立たずぶりは相変わらずだった。不器用はまったく直らなかった。


ボクはみんなとは違うんだ。悲しくて何度も泣いた。

ボクもみんなのように器用になりたい。悔しくて何度も泣いた。

そう。ボクは、泣くために生まれてきたのさ。


それから何年、たっただろう。

恋人と楽しそうにデートをしていたその日のみどりちゃん。ところが、そのうち、いつもと違う雰囲気《ふんいき》がただよい始めた。最初は恋人がガチガチになったんだけど、その緊張がみどりちゃんにも伝染したみたい。

みどりちゃんがつばを飲みこむ音が聞こえる。

恋人がなにかをいった。

「はい」

みどりちゃんはそう答えた。

すると、恋人はみどりちゃんの左手を取り、意味不明の行動に出た。

なんと、ボクに光る輪をはめたんだ。

なに？　この大きな石がついた輪は？　まぶしいんだけど。どうしてボクにはめるの？　役立たずのボクに対するいやがらせ？

「クスリ。それは婚約指輪、っていうのよ。今、みどりちゃんは恋人にプロポーズされたの」

「プロポーズ？　お母さん、なに、それ？」

「結婚してください、っていう告白よ」

え⁉　結婚！　それって、みどりちゃんの幼稚園のころからの夢じゃない。「かわいいお嫁さんになりたい」って、いつもいってたよ。

「ちょっと、お母さん。じゃあ、その婚約指輪がボクにはめられたってことは……」

「そう。みどりちゃんは恋人のプロポーズを受け入れたってこと。二人は結婚するの。いい、クスリ。婚約指輪は、女性にとってなにものにも代えがたい人生で一番大切なものなの」

「でも、そんなに大切なものなのに、なぜ、みどりちゃんは、それをボクにはめてもらったの？　なぜ、みどりちゃんは役立たずのボクを選んだの？」

「それは、みどりちゃんがクスリを大好きだからよ。昔、お母さん、いったでしょう」

――この世に役立たずなんていない――

よかった。

がんばってよかった。

たしかに、ボクはいつまでたってもみどりちゃんの足を引っ張っていた。

でも、それでも、みどりちゃんは、ボクのことを認めてくれた。

ボクを愛してくれた。

あきらめないでよかった——。

次の瞬間、不思議なことが起きた。こんなに嬉しいのに、なぜか涙が出てきた。涙を流すのは慣《な》れっこだ。これまでに何百回も泣いたから。でも、それは悲しかったから。悔しかったから。

「クスリ、その涙はがんばった者へのごほうびなんだよ。がんばった者だけが、嬉しいときに泣けるんだ」

お父さんがそういってほほえんだ。

恋人の胸の中で、みどりちゃんも泣いていた。

◆◆◆

忍び足で寝室に足を踏み入れる純也。優子は、絵本を閉じながら振り返った。

「あら、パパ」

「どう、ママ？　あれ、遥、寝ちゃったみたいだね」

「ええ。この話、遥にはまだ意味がわからないみたい」

「まあ、そうかもな。でも、遥にもいつかはこの絵本のような日が訪れるわけだ」

「なーに。もう、遥の将来の恋人にやきもち焼いてるの」

本気で憮然としている純也を見て、優子は笑いを噛み殺した。その様子に、純也は照れ臭そうに話題を変えた。

「遥ももうすぐお姉ちゃんか」

そして、優子のお腹に耳をそばだてた。

「なにしてるの？」

「え？　タクヤの声を聞いてるんだよ」

「もう。いつ、この子の名前、タクヤになったのよ。まだ、男の子か女の子かもわからないのに。それより、さっき見ていたポストカード、なに？」

「ああ。アメリカからの絵葉書だよ」

「へえ。誰から？」

「俺の教え子。ほら、覚えてないかい？　あれは……、四年前かな。コンビニ弁当を自分の弁当箱に詰め替えて夏休みの補習を受けていた女の子」

優子は、思い出すときの癖で目を細めたが、すぐにそれを丸くした。

「ああ、あの子！　えっと……」

「星野菜々美」

「確か、アメリカの大学に行く、って言ってた子よね」

「うん。中学一年のときからそう言ってた」

「じゃあ、菜々美ちゃん、夢を叶えたのね」

純也の言葉を受けて、優子は丸くしていた目を再び細めた。

「ああ。目標どおりにアメリカの大学に入学したよ。今は、入学前の夏休みだそうだ。厳密には九月になったら大学生だよ。それより驚いたのは……」

「なに？」

「もう、卒業後の夢も決まったってさ。帰国したら英会話学校を開くそうだ」

「へえ。まあ、あれだけの努力家だもの。その夢もきっと叶えるでしょうね」

純也は、絵葉書の中で笑顔を振り撒く、見違えるように大人になった菜々美に視線を落とした。

――菜々美。

まずは遠くの山を見詰めるんだ。そうすれば麓《ふもと》に向かえる。たとえ道がわからなくても、東京から富士山の麓には行けるよな。それと同じさ。逆に言えば、山の姿が見えなかったら、それはお前が本当に叶えたい夢ではないってことだ。

そして、麓まで来たらあとはしめたものだ。一日に一度の角度をつけるだけでいい。そうして歩んで行けば必ず山頂にたどり着ける。

菜々美。

お前の生い立ちを考えると、貧乏が怖い、そんな恐怖に襲われることもあるだろう。ビシッとしたスーツで大企業でさっそうと仕事をしたい。そんな迷いで進路を変えてしまうかもしれない。でも、それは決して遠回りじゃないぞ。

いや、そもそも、山頂への最短距離なんてないんだよ。一直線じゃ、勾配がきつ過ぎて登れないだろう。道がくねっているからこそ登れるんだ。

一見無意味な経験を本当に無駄に終わらせてしまうか。それともそれを糧《かて》にできるか。人間には二種類しかいない。そして菜々美、お前は後者の人間だ。だから先生は信じてるぞ。いつの日か、お前は夢を叶えると。

もし迷いが生じたら、あの名刺を見てごらん。

菜々美。

お前ならなれるよ。黒い丸にね――


「パパ。なに、怖い顔してるの？」

「うん？　い、いや。あ、そう言えば、あのカブトムシ・マニアの生徒。今日、あいつと面白い会話をしたよ。夏休みの補習で学校に来ていたあいつと話していたら、『将来は数学でノーベル賞を取る』って言うんだ。だから、フィールズ賞のことを教えてあげたよ」

「うふふ。どんなに天才的な数学のセンスを持っていても、『数学でノーベル賞』って、まだまだ子どもなのね。それにしても、私が受け持っていたあの子を、中学三年生になってパパが受け持つことになるとは夢にも思わなかったわ」

「まったく偶然だよね。でも、俺、あいつ本当に取っちゃう気がするんだ」

「フィールズ賞を？」

「ああ。これは偶然じゃなくて必然の気がしてならない」

優子は無言でうなずいた。

「まあ、フィールズ賞はともかく、俺達ももう寝よう。ママ、明日、披露宴に招待されているんだから」

優子は、明日式を挙げる花嫁の顔を脳裏に描いた。

遥を挟むように、純也が二人分の布団を敷く。優子は先に横になると、電気を消そうとリモコンを握っている純也に語りかけた。

「明日結婚する彼女だけど、結婚を機に仕事を辞めるそうよ」

「え？　どうして？　専業主婦かい？」

「ううん。彼女、新人賞を受賞したの。なんと、あの権威ある薫風《くんぷう》文学賞よ。バーテンダーは辞めて、これからは作家一筋で頑張るんだって」

「薫風文学賞は凄いな。ママの教え子にそんな子がいたんだ」

「違うわよ。教え子じゃないわ。前に教育実習生で私のクラスに来た子よ。それに、彼女のご主人も結婚を機に独立するそうなの。銀行に勤めながら、会社創業のために資金や実力を蓄えて、満を持しての起業らしいわ。だから、明日は結婚と新人賞受賞と新会社設立を同時に祝うトリプルパーティーなの」

「それは、一風変わった披露宴になりそうだね」

純也も、電気を消すと布団に背中をあずけた。

「ママ、明日、披露宴で泣くだろうな」
「泣かないわよ」
「俺達の披露宴のときも泣いてたじゃないか」
「泣かない」
「いや、絶対に泣く」
「うるさい」

静寂が、三人、いや四人をやさしく包み込む。
夢が連れて来る優美な空想に抱かれて。
そして、明日になれば、朝がきらめく現実を運んでくれる。
夏休みの陽光が、分け隔てなく、すべての人に降り注ぐ。
そう。
キセキは、みなに降り注ぐ。

後日譚 1

100万回生きた犬

男と女の出逢いは偶然なのか。はたまた、それは運命なのか。

空が高い日曜日の午後、自宅の花瓶で可憐にほころぶコスモスに水を注《さ》しながら、新妻はソファーに身を沈めている最愛の人に声をかけた。

「ねぇ。天気もいいし、今日もみんなであそこに行くでしょう?」

「もちろん!」

彼は、喜色満面に賛意を示すと横に座る子犬の背中を撫でた。ミニチュアダックスフンドは、新婚夫婦の弾む声に負けないくらいに嬉しそうに尻尾を振った。

葵《あおい》がその青年に出会ったのは、愛犬家が集う広場だった。ここで愛犬と戯れる人々を観察するのは、葵のかけがえのない楽しみであった。膝立ちで愛犬の顔を覗き込んで頭を撫でる飼い主の破顔一笑ぶりは、見ている自分までもが小さな幸せを感じる。「どう? 私のワンちゃんが一番可愛いでしょう?」といわんばかりの鼻高々の女性の微笑に接するのも嫌いではない。みんな、自分のパートナーに情を注いでいるのだから。その愛を一身に受けている犬達の瞳にも喜悦の光が宿っている。

しかし、彼と、彼の犬の様子は少し違っていた――。

「ほら、ロング! 止まっちゃ駄目だ!」

二十代半ばとおぼしき彼は、歩みを止めて樹《き》の幹の匂いを嗅いでいる犬のリードをいくぶん手荒に引っ張っていた。当然、犬は首輪で喉を締め付けられる。そんな彼の振る舞いを見て、葵は思わず声をかけた。

「こんにちは。可愛らしいミニチュアダックスですね」

彼は、突然話を振られ、一瞬小さく驚いたがすぐに笑顔になった。

「ありがとうございます」

誠実な物言いから、彼が悪人でないことを葵は即座に理解した。しなやかな体躯と彫りの深い顔から受ける印象も悪くない。

「それに、ロンくんは毛並みが美しいですね。丁寧にお手入れされてるんですね」

「まあ、それなりには。ほら、ロングは毛色がブラウンに近いレッドで、ある意味ありきたりじゃないですか。だから、少しでもきちんとしてあげないと、ほかのミニチュアダックスとすれ違うときにかわいそうかな、なんて思って」

言って、彼が鼻の頭をかいたのは、つい飼い犬に対する情の深さを力説してしまったためか。それとも、葵を前に顔を赤くしている困惑を隠すためか。自分とほぼ同年齢の葵は、誰もが思わず惹かれるであろう魅力的な容姿をしていた。

「へぇ、やさしいんですね」

葵は微笑むと続けた。

「あの、よろしかったら、少しベンチで話しませんか?」

「え？　は、はい。喜んで」

言われるままにベンチに腰掛けながら、青年はにこやかに自己紹介をした。

「僕、永瀬《ながせ》っていいます」

「私は三井《みつい》です」

葵も笑顔で答えた。

2

「あの、永瀬さん。初対面でこんなこと言って、怒らないでくださいね」

「怒る？　なにがです？」

「永瀬さんがロンくんにたっぷりの愛情を注いでいることはわかっています。だからこそあえて言うんですけど、さっき永瀬さんがリードを引っ張っているとき、ロンくん、ちょっと苦しそうでしたよ」

するど、永瀬は少し不快な表情を見せた。

「それはロングが悪いんですよ。突然、立ち止まったりするから。犬は、散歩のときには飼い主の歩くペースに合わせなきゃ駄目なんです。もちろん、飼い主の前を歩いても駄目。常に数歩あとを付いてくる。そうすることで飼い主と犬との間に理想的な距離感が生まれるんです。三井さんは、犬を飼っていないみたいだからわからないでしょうけど」

確かに永瀬の主張には一理ある。しかし、それはケースバイケースだ。たとえ主従関係にあっても、犬がいつも飼い主の思惑どおりに行動するわけではない。それに、散歩のときにどちらが先を歩くかだけで主従関係が構築されるわけでもない。

〈うーん。永瀬さんの考えは、はるか昔の「女は男の影を踏むな。三歩後ろを歩け」なんて屁理屈がまかり通っていた男尊女卑の時代を想起させるわね。永瀬さんは、その時代錯誤の社会通念と犬の躾《しつけ》をどうやら混同しているようね……〉

そのときであった。永瀬の犬が彼の脚にしがみつき、嬉しそうに尻尾を振った。だが、永瀬はうとましそうに膝を引いた。

「ほら、ロング。話の邪魔をしちゃ駄目だろう。そこでおとなしく座ってなさい」

主人に注意を受けたミニチュアダックスフンドは、主人の脚から離れると、しょんぼりとお座りをした。犬の表情には、困惑と悲哀がないまぜになったような色が浮かんでいる。葵は、犬のその瞳を視界の端で捉えながら口を開いた。

「永瀬さん。今、ロンくんが永瀬さんにじゃれついたとき、何回尻尾を振ったかわかりましたか？」

「え？　そんなのわかりませんよ。っていうか、尻尾を振ったのも気付きませんでした」

「私も正確には数えられませんでしたが、ゆうに十回以上はロンくん、尻尾を振りましたよ」

「へえ、そんなに……」

「はい。じゃあ、別の質問をさせてください。ワンちゃんは、一日に平均、何回くらい尻尾を振ると思いますか？」

　すると、永瀬は苦笑しながらかぶりを振って、少し呆れ気味に言葉を返した。

「ハハハ。まったく見当がつきません。もっとも、それ以前に三井さんがなにを言いたいのかがわかりません」

「そう言わずに聞いてください。これは個体差もあるし、飼われている環境にもよるので一概には言えませんが、ワンちゃんは一日に……」

「あ、百回くらいかな？　犬が一日に尻尾を振る回数」

「いいえ。その十倍、千回は尻尾を振るんですよ。さっきだって、ロンくんはあの短時間で十回以上尻尾を振ったんですよ。一日に三十分も遊んであげれば、千回くらいあっという間なんです」

「千回って。うーん。にわかには信じられないなあ……」

　永瀬は暗算を始めた。おおかた、一回尻尾を振るのにコンマ五秒として、五百秒を分にでも換算しているのだろう。ちなみに、千回尻尾を振るのに必要な時間は約八、九分。犬が一日の間にそれくらい尻尾を振るのは論を俟《ま》たないことが永瀬にも理解できたようだ。

「なるほど。確かに犬は一日に千回程度は尻尾を振っていますね。初めて知りました」

「そうなんです。となると、計算ばかりさせて申し訳ないんですが、もし平均寿命といわれる十五歳まで生きたら、犬は何回尻尾を振ることになると思いますか？」

　永瀬は、この質問は暗算では無理だと判断し、スマートフォンを取り出して電卓で計算を始めた。そして、液晶に躍る数字に驚愕の声を上げた。

「約五百五十万回！　嘘だろう……」

「うふふ。電卓は嘘はつかないでしょう」

葵の言葉に永瀬が軽く愛想笑いをすると、彼女は話をつなげた。

「じゃあ、それを踏まえて、私の犬の話を聞いてもらえますか？」

「私の犬？　でも、三井さん、今日も一人のようですし、『私の犬』って……」

「私にも一年前まで犬がいたんです。永瀬さんと同じ。ミニチュアダックスでした」

「『いた』ということは……」

永瀬は、心持ち視線と声を落とした。

「はい。想像のとおりです。その犬の話、聞いてもらえます？」

永瀬は、無言で頭部だけで同意した。

3

「どうしたの、マロン？　最近、食欲がないじゃない？」

たまらずに葵がマロンに問い掛けた。二週間ほど前からマロンの食欲はみるみると減退し、元々五キロの体重が五百グラムも落ちていた。

葵は、別の餌を試してみたり、餌をお湯でふやかしてみたり、あの手この手を尽くしたが、マロンの食欲が戻る気配は一向になかった。病院で検査も受けたが、異常はまったく見当たらなかった。

「マロン。なにが食べたいの？　なになら食べてくれるの？　それとも、どこか具合でも悪いの？」

葵は、医者からも匙《さじ》を投げられたマロンに、せめておいしい空気でもと、都会から少し離れた高原に連れて行ったが、逆にマロンを疲れさせるだけの結果に終わった。

やがて、マロンは水すらも飲まなくなった。その体躯は、直視するのが痛いほどにやせ細り、やつれ切っていた。

そんなある晩、傷心の葵は、自らも疲労困ぱいしているにもかかわらず、とても寝付けずにずっとマロンを抱いて背中をさすっていた。そして、神に向かって心の叫びを口にした。

「神様。お願いします。なんでもしますから、マロンに元気を与えてください。マロンに言葉を与えてください」

葵は、手を合わせ、瞼を閉じて呟き続けた。自ら発する声が鼓膜に沈殿していく。そのためか、自分の聴力が落ちたかの感覚に陥ったそのときであった。自分のものではない声がした。

「ありがとう、葵さん」

マロンが発した声だった。その一言に、葵は思わずのけぞった。

「マ、マロン!?　あ、あなた、口がきけるの!?」

「うん。今、葵さんが神様に祈ってくれたおかげで、人間の言葉がしゃべられるようになったの。これは神様からのプレゼントね。もっとも、葵さんの言っていることは、これまでもずっと、ほとんど理解していたわよ」

「じゃあ教えて、マロン。なぜご飯を食べないの？　なぜ水すら飲まないのよ。どこか具合が悪いの？」

葵の慈愛に満ちた瞳を見て、マロンは一回、尻尾を振った。

ハラリ。

「実は私、難病を抱えて生まれてきたの。今の医学では治せないそうよ。自分がそんな病気を患ってるなんて知ったのは一年くらい前、二歳の誕生日のときだったけど」

「難病って……。どんな病気なの？」

「変わった病気よ。百万回尻尾を振ると心臓が止まっちゃう。要するに、死んじゃうって病気」

「そんな病気、あるもんですか」

葵は、間髪入れずに反論した。

「それがあるの。よく考えてみて。尻尾を振るという私達特有の身体反応は、わずかずつでも心臓に負担をかけるでしょう」

「まあ、それはそうだろうけど……」

「で、私達犬も人間と同じで、生まれつき心臓の弱い犬もいるの。さらには、治療法はおろか、原因すら解明されていないんだけど、一千万分の一くらいの確率で、尻尾を振るという運動に百万回までしか心臓が耐えられない難病を持って生まれてくる犬がいるの」

「ちょ、ちょっと待って。マロン。まさか、よりによってあなたがその一千万分の一の……」

マロンはうなずき、葵は絶句した。部屋の中には無言の時が流れたが、やがては覚悟を決めた表情で、葵が避けては通れない質問をした。

「マロン。あなたは生まれてからこれまでに、何回尻尾を振ったの？　覚えてる？」

尋ねながら葵がマロンの背中を一撫でると、マロンは再び尻尾を振った。

ハラリ。

「今、一回振ったから、これで九十九万九千九百九十回」

「嘘！　じゃあ、あと十回尻尾を振ったら、あなた死んじゃうの!?」

「うん。残念だけど、この病気には逆らえないわ」

葵は、たまらずマロンの顔に両手を添えると、瞳を覗き込んだ。

「じゃあマロン。訊くけど、一年前に病気のことは知っていたのに、なぜその後も尻尾を振り続けたの？」

マロンは、一瞬の間を置いてから答えた。

「嬉しいときに尻尾を振る。私達の体はそう創られているの。葵さんが嬉しいときに笑顔になるのと一緒よ。私、葵さんの笑顔が大好き。本当の美しさは笑顔に現れるっていうけど、葵さんは正真正銘の美人ね。散歩してるときにすれ違う人は、私じゃなくて葵さんに見とれてるんだと思うわ」

「もう、誰が誰に見とれてるかなんてそんなことはいいわよ。それよりマロン。あなた、いつもあんなに尻尾を振って……。そんなに嬉しかったの？」

マロンは、言葉を返す代わりに尻尾を振った。

ハラリ。

「ちょ、ちょっと。マロン、もう尻尾は振らないで。嬉しくても尻尾は振らないの！　いい？　これはリーダーの命令よ！」

「ありがとう。そんなやさしい葵さんが、私大好き！　葵さんと一緒に暮らせて、本当に幸せだったわ」

「マロン。『暮らせて』とか『幸せだった』なんて過去形で言わないで。まるで死んじゃうみたいじゃない。とにかく、あなたのためならなんでもするから、尻尾だけは振らないで！」

しかし、言ったそばからマロンはまた尻尾を振った。

ハラリ。

「ごめんなさい。また振っちゃった。幸せを感じると、それだけで勝手に尻尾が動いちゃうの」

その言葉に、葵は大粒の涙を流した。そして、声を引き絞った。

「わかった。じゃあ、別の命令よ。もう尻尾を振らずに済む命令よ」

「なに？」

「今すぐに私のことを嫌いになりなさい！　マロン！　さあ、私を憎みなさい！」

だが、マロンは毅然と反論した。

「それはできないわ。私、葵さんを愛しているから。この『愛』は、たとえ神様でも『憎しみ』に変えることはできない。それに、葵さんを嫌いになるくらいなら、それこそ死んだほうがマシよ。犬は飼い主は選べない、っていうけど、私はリーダーが葵さんで本当によかった。生後三か月。たったの四百グラムでこの家に来てからの三年間、葵さんは一度も私を叱ったことがないわよね。いつも溢れんばかりの愛情を注いでくれた」

ハラリ。

「最初は、なんのためのシートなのかわからずに、葵さんの布団でおしっこをしたときにも怒らなかった。ただ、葵さんが根気強く私をシートに誘導するから、試しにシートでおしっこをしてみたら、葵さん、すごく誉めてくれたでしょう？　そのときの葵さんのとびっきりの笑顔で、あそこが私のトイレなんだってわかったのよ。私、葵さんの笑顔が見たくて、もっと誉めて欲しくて、わざと二回に分けておしっこをしたりしてたの。フフフ」

ハラリ。

「ご飯も、『なぜ、葵さんと同じものをくれないの？』って最初は思ったけど、後から、『あー、葵さん。ちゃんと私の栄養のことを考えてくれてるんだ』って理解したわ」

ハラリ。

「それに、一日に二回の散歩と公園でのボール遊び、楽しかったなあ。あと、毎晩食べさせてくれたおやつ。ビーフジャーキー、ササミ、チーズ、ビスケット……。どれもおいしかった」

ハラリ。

「そうだ。海にも連れて行ってくれたでしょう。雲一つない真っ青な空。眩しい太陽。波を見たときには正直怖かったけど、葵さんがいてくれれば大丈夫って思えたわ。それに、自分があんなに泳ぎが上手だなんて自分でも知らなかったから、あまりに嬉しくて、次の日友達みんなに自慢したのよ。あの海は一生忘れられない想い出よ」

ハラリ。

「って言っても、その一生がもう終わりかけてるのよね。命の灯火が消えるときに言うセリフじゃないわね。フフフ」

「……。そうだ、マロン。手術をしましょう。お医者様に頼んで、尻尾が動かないようにしてもらうの」

「葵さん。気持ちはありがたいけど、そんなの自然の摂理に反するわ。それより……」

「それより？」

「このまま私を抱いていて。それだけで、私は宿命を受け入れ、『その時』を安らかに迎えることができるから」

「もちろんよ。抱いているわよ。誰が離すもんですか！」

ハラリ。

「ねぇ、葵さん。最後にもう一度だけ、顔を舐めてもいい？」

葵は無言だったが、二人の間に言葉はいらなかった。

鼻からも水分が流れ落ち、もはや葵の顔面で濡れていないのは額だけであった。マロンは、最後の力を振り絞って、目一杯、葵の弾力のある透き通るように白い頬を舐めた。特に、唇は腫れ上がらんばかりに舐め上げた。

「葵さん！　大好き！　愛してる！　私を葵さんの犬にしてくれてありがとう！　私、本当に幸せな生涯だったわ」

「マロン！　お礼を言うのは私のほうよ！　あなたのおかげで、私もどれほど幸せだったか……」

ハラリ。

「じゃあ、私、行きます。葵さん、絶対に私の分まで幸せになってね」

葵は、ついにマロンを凝視できなくなり、上を向いて号泣した。しかし、「その時」をしかと見届けるのが自分に課せられた義務だ。飼い主の最後の使命だ。そう思い直した葵は、マロンに視線を戻した。

「ねえ、マロン。旅立ったあと、なんでもいいから私にして欲しいことない？」

「一つだけあるわ」

「なに？」

「もし私が生まれ変わったら……、ま、また、私を見つけて、あ、葵さんの犬にし、してください……」


――ハラリ――

4

永瀬は無言で虚空を見詰めていた。その姿を見て、葵は自分の話がまったく信用されていないと感じた。作り話でしょう、と言われても返す言葉がない。葵はきまりが悪く、その場を立ち去ろうと腰を浮かせた。

「じゃあ、さような……」

だが、言いかけて驚いた。永瀬が瞼に力を込めて、弛緩した涙腺を必死に締めていたためだ。

〈永瀬さん……。目が真っ赤じゃない……〉

そう思った瞬間であった。永瀬の両目から涙がしたたり落ちた。

「なんて残酷な病気なんだ。喜べば喜ぶほど、幸せを感じれば感じるほど、寿命が縮んでいくなんて……。神様はむご過ぎやしないか！」

葵は、再びベンチに腰かけると答えた。

「そうね。神様は時に残酷よね。だけど……」

「だけど？」

「その神様からのプレゼントのおかげで、マロンは死の間際に私と話ができたのよ」

「だからって、なぜよりによってマロンなんだ……。なぜ一千万分の一のルーレットはマロンのところで止まったんだ……」

永瀬は、親指と中指で眉間を押さえている。

「それより永瀬さん。主従関係をはっきりさせるのは私も大賛成よ。たとえ犬でも、人間のパートナーとして暮らしていく以上、野生の犬のような好き勝手はもちろん許されないわ。それに、そもそも犬は、リーダーが誰かを判断して、そのリーダーに従うように創られた動物です。でも、生意気言って気を悪くしないで欲しいんですが、永瀬さんの躾は少し間違えているように思います」

「僕の躾が間違えている……」

永瀬は、きつく瞼を閉じてから、ゆっくりと充血した目を開いた。

「かもしれないですね。ロングには誰からも愛される犬に育って欲しい。そのほうがロングにとっても幸せだ。そんな思いから、僕はロングに厳しく接し過ぎてしまった……」

永瀬が悔いる姿を見て、葵は大きな瞳を輝かせた。

「誰からも愛される犬。その考えは素晴らしいわね。やっぱり、永瀬さんやさしいいんだ」

「いや、それほどでも……」

永瀬の顔に、いくぶんはにかみの色が浮かんだ。

「それに、ちょっと考えてみてください。体重五キロのロンくんなら、永瀬さんの指の骨にひびを入れるくらい、いとも簡単なことなんですよ。でも、ロンくんが永瀬さんに牙を立てたことが一度でもあって?」

永瀬はかぶりを振った。

「永瀬さん。私、思うんです。マロンは、決して不幸でも不運でもなかったと」

「どうして？　どうしてそう思うんですか？」

「うーん。それは、確かに一日でも長生きできたほうがいいに決まってるわ。でも、一番大切なのは、『どれくらい生きるか』じゃなくて……」

「…………」

「『どう生きるか』ですよね」

永瀬は、口を閉ざしたまま愛犬に視線を落とした。

「永瀬さん。マロンは、わずか三年で死んでしまった犬じゃないの」

そして、一層瞳を明るくすると、葵は続けた。

「マロンは『100万回生きた犬』なんです」

「100万回生きた犬……」

「ええ。この世には、ろくに尻尾を振ることもなく旅立っていく犬がたくさんいるわ。だけど、マロンは100万回も喜びを、幸せを感じることができたんです。きっと、悔いのない生涯だったと思います。いえ、飼い主としてはそうであったと思いたいですね」

そして、無言の永瀬に言葉をつなげた。

「どうか、ロンくんを存分に愛してあげてくださいね」

5

永瀬の愛犬は、二人の話が終わるのを待っていたかのように、葵の膝に飛び乗ると、突然彼女の顔を舐め始めた。

「わー。よしよし。いい子ね、ロンくん」

葵は、我が子をあやすように犬を抱き締めたが、その様子を見て永瀬が訝《いぶか》った。

「こんなこと……、初めてですよ」

「え？」

「いえ。ロングが僕以外の人になつくなんて。ロングは、自分からは絶対に他人には近付きません。ましてや、他人の顔を舐めるなんて……」

「まあ。それは光栄だわ。私、ロンくんに気に入られたのかしら」

葵は、そう言うとミニチュアダックスの瞳を覗いた。葵の顔を正面に捉えた子犬が、彼女の唇を舐める。その刹那、葵は無口になった。そして、子犬の舌の感触が残る唇を指で触れると、葵は既視感に襲われた。

「永瀬さん。ロンくんは本当に男の子？」

「いや、女の子ですよ」

もはや、葵はなにも答えることができなかった。マロンと過ごした最後の晩のように、葵の顔で濡れていないのは額だけだ。

そして、葵の脳に声が届いた。

――葵さん、また逢えたわね。これ、夢じゃないわよね？　嬉しい！　大丈夫。今度は私、尻尾を一千万回振るまでは死なないから。フフフ――

子犬は、瞳に涙を浮かべながら、ヘリコプターのように中空に舞いそうな勢いで激しく尻尾を振った。

「永瀬さん。私には今、はっきりとこの子の声が聞こえました。この子はマロンの生まれ変わりです」

「…………」

「って、そんなの思い込みだって言われても返す言葉がありませんけど」

「え!?」

「えっ、って言われても……。実は、さっきから三井さんが『ロンくん』『ロンくん』って言うからいつ訂正しようかと思ってたんですが、この犬はメスです。それに、名前は『ロング』ですよ。胴体が長いからそう名付けたんです」

「ロング？　ロン、じゃなくて？」

そう。葵には、語尾の「グ」が聞き取れていなかったのだ。そして、「ロン」という名前からオス犬だと思い込んでいた。

「ちなみに、どれくらい飼ってるんですか？　この子は今いくつですか？」

「今、生後一年です。ちょうど、三井さんのマロンが亡くなった頃に生まれ……」

そこで永瀬は絶句した。二人をわずかな静寂が包む。

「まさか……。三井さん。ロングは、マロンの生まれ変わり？」

「いえ。信じます。だって……」

「だって？」

「僕だってロングの飼い主ですよ。この子の瞳を見ればわかります」

　永瀬の涙声を聞くと、葵は全身全霊、子犬を抱き締めた。

「マロン！　逢いたかった！」

6

　永瀬は、再会を喜び合う二人に温かいまなざしを注いでいたが、しばらくの後、活気に満ちた言葉を差し出した。

「よーし。どうせ『ロング』の『グ』が聞こえにくいなら、いっそのこと頭に『マ』を付けようかな。そのほうが女の子らしいし」

「じゃあ、この子の名前は？」

　葵が永瀬の瞳を見詰めると、永瀬は力強くうなずいた。

「はい。今この瞬間から『マロン』です。いえ、この犬は生まれたときから『マロン』だったんですよ、三井さん」

　そして、永瀬は愛犬の頭を撫でた。

「な、そうだよな、マロン？」

　マロンは、首肯《しゅこう》するかのように尻尾を振った。


　一年後、三井葵は永瀬葵となり、二人は今日も「運命の場所」にマロンを連れ出し、幸福なひと時を過ごしていた。

　夫は、紅葉したイチョウを踏み締めながら、妻の肩に手を回してキスをした。

　その様子を見ていたマロンはそっと呟いた。


――あーあ。私も恋をしたいな――

後日譚2

二つの海がトラブルだった

1

「ほら、借りていた本、持って来たよ」

男が本を差し出しながら女に言葉を投げる。

「どうだった？」

「恥ずかしいけど泣きそうになった。電車の中で読まなくてよかったよ」

「気に入ってくれて嬉しい。私、好きなんだよね。長谷川玲奈さんの『１００万回生きた犬』。最初は佐野洋子さんの『１００万回生きたねこ』のまさかのパクリって思ったけど、話は全然違う完全な玲奈さんのオリジナル。慈愛や純愛が持ち味の作家ってよく言われるけど、私はそうした中にまぶされているポジティブなメッセージが一番心に刺さるよ」

すると、彼女の夫が口を挟んだ。

「長谷川玲奈さんって俺達の先輩なんだよ。東日本大学卒業なんだって」

「そんなこと知ってるわよ。なんでも、バーテンダーをやりながら小説を書きまくって『１００万回生きた犬』で薫風文学賞を受賞したんだから。あと、噂の域は出ないけど、玲奈さんのお父さんはラ・ベルザ学園の野球部の監督だったなんて話もあるくらい。もし本当なら、そのお父さんは清明の恩人の可能性あるよ」

するると、「清明」と呼ばれた男は苦笑した。

「さすがにそれはないだろう。まあ、監督には会ってご挨拶したいけど、今はどこか他県で少年野球の監督をしてるらしいから会う術《すべ》がないんだよね。それより、京香は玲奈さんフリークだから自分となにかしら接点を持ちたいのはわかるけど、そうやってデマが広がるんじゃないか。なあ、悠斗《ゆうと》」

京香に本を渡し終えた悠斗は、清明の目を見て首肯した。


清明、京香、悠斗の三人は、とあるイタリアンレストランで食後のコーヒーを飲んでいた。店のコンセプトは赤なのだろう、扉と同じ度合いの赤いクロスに覆われた四人用の正方形のテーブルが八つ確認できる。もう一つ、八人まで座れる長テーブルがあり、そこには「予約席」を意味するプレートが置かれていた。

ひとしきり『100万回生きた犬』の話で盛り上がったあとに京香が口を開いた。

「本当に素敵なお店ね。基調は赤なのに、壁や椅子は淡いブラウンで、なにか落ち着くね」

「これは、間接照明の効果じゃないのか?」

清明が続いた。

木製のグラス棚に光を当てて輝きを放たせる演出もあって、店内は審美的かつ家庭的なムードに満ちていた。

今度は悠斗が言葉を発する。

「なんか、アメリカの片田舎の家に来たみたいだな」

「あれ？　お前、アメリカの片田舎の家に行ったことがあるのか？」

「あるわけないだろう。写真で見たんだよ」

清明の茶々をやり過ごすとさらに悠斗は続けた。

「それにしても、こんな店を知ってるなんて、清明もさすがというか、社長ってやっぱり凄いんだな。まったく、同じ大学、同じ学部卒業なのにどこでこんなに差が付いたのかな」

「おいおい。それは言いっこなしだろ」

清明は肩をすくめたが、悠斗の口から羨望の言葉が漏れるのも当然であった。

清明と京香は高校三年生の夏から交際を始め、ともに東日本大学経済学部に入り、そこで悠斗と出会ったが、卒業と同時に清明は起業した。

大学時代から清明は「ＡＩ時代」の到来を予期しており、最初こそはあまたあるゲーム制作会社の一つに過ぎなかったが、三年ほど前から「作曲に特化したＡＩ」や「画像編集に特化したＡＩ」などを開発するようになり、以降は会社の業績はうなぎ上りであった。そんな「特化型ＡＩ」の開発に転身した時期に二人は入籍し、すぐに長女を授かった。

2

「悠斗くん。あなた、清明のことを社長は凄いなんて羨望しちゃってるけど、あなたはどうなの、仕事？」

悠斗はなにも答えなかった。触れられたくない話題であることがうかがい知れた。彼のその様子を見て、今度は清明がバトンを受けた。

「どうした？　なにか嫌なことでもあるのか？　俺から見たらお前の会社って安定していて悪くないと思うけどな。いくら世の中不景気とはいっても、お前のところみたいな大手百貨店が潰れることはないだろう。お前の百貨店、外国人向けの旅行ガイドブックにも載ってるそうじゃないか。俺なんか、会社が倒産したら下手すりゃ自己破産だぜ。実際、すでにＡＩ業界では凄まじい競争が始まってるよ。それも世界規模でな。油断したら冗談抜きで生き馬の目を抜かれるよ」

「うーん。会社が嫌なわけじゃないけど……」

「じゃあ、なんでそんな浮かない顔をしてるんだ？」

時を同じくして、京香が店員にコーヒーを三つ、追加注文した。

そんな京香を横目に、悠斗はうつむきながら重たい口を開いた。

「今の仕事が嫌なんだ。しかも、自分から志願しちゃった仕事だから、会社では口が裂けても嫌とは言えないし。まあ、実はそうは言いつつも俺も課長を目指して、管理職になったら必要だろうとスクールにも通ったりはしてるんだけどな」

「へえ。課長を目指して、しかもそのために必要な資格のためにスクール通いって。なによ、頑張ってるじゃない、悠斗くん」

妻のセリフに夫が続く。

「確かにあの規模の会社の管理職ともなれば資格は必須だろうな。俺も一応、中小企業診断士とビジネスマネジャーの資格はあるけど、メンタルヘルスや個人情報保護士の勉強を始めようかと考えてるよ。それより、悠斗。お前は今、仕事はなにをしてるんだ？」

「簡単に言えば、結婚式引き出物個別営業かな」

「結婚式引き出物個別営業？」

清明と京香が揃って怪訝な表情を作る。

「もちろん、厳密にはそんな部署はないよ。俺の所属はあくまでも外商部。だけど、かなり変わった仕事をしてるんだ」

「がいしょう？　ごめん。それってなんだ？」

ちょうど運ばれてきた二杯目のコーヒーを手に取りながら清明が疑問を呈すと、京香が代弁した。

「清明。あなた、確かにAIとかプログラムとかは凄いけど国語力はゼロね。外商っていうのは、デパートなどで店内の売場を通さずに直接販売取引をすることじゃない。それより悠斗くん。その『変わった仕事』ってなに？」

「うーん……。そうだ。なあ、清明、京香。お前達、結婚式の引き出物はどうやって決めた？」

「引き出物？　そういえば、俺達、どこで選んだっけ、京香？」

「私達は結婚式場のパンフレットの中から選んだじゃない」

すると、悠斗はカップに一口つけてから言った。

「清明。今の京香の話がまさしく外商のわかりやすい例だよ。お前達は引き出物は結婚式場から購入している。でも、結婚式場自体が商品を持っているわけじゃない。実態は、その多くは俺達百貨店やデパートから仕入れているってわけ。それが、外商」

「なるほど」

「で、そのために百貨店やデパートの外商部は、引き出物に自分達の商品を使ってもらうよう、結婚式場に営業をかけるのさ」

清明は、悠斗の説明で「外商」を理解したが、だからこそ、先ほどの悠斗の一言が気にかかった。

「なあ、悠斗。じゃあ、お前のやってる、結婚式引き出物個別営業って一体なんなんだ？」

悠斗は一瞬顔を歪ませたが、すぐに言葉を返した。

「その前提として、まず結婚式を挙げる人みんながみんな式場の引き出物を使うわけじゃないよな」

「そうね」

「で、俺達百貨店にとっては、式場の引き出物を嫌うタイプが問題なんだ」

「問題？」

「そう。だって考えてみろよ。百貨店にしてみれば、引き出物は自分達が提携している式場から購入してもらいたいんだ。そうなれば、裏では百貨店もおいしい思いができるからね。でも、式を挙げるカップルが別のところで引き出物を選んだら、お金はその店に流れて行ってしまう。当然、百貨店には一円も入らない」

すると、コーヒーを飲み込もうとしていた京香がむせそうになりながら高声《こうしょう》を出した。

「悠斗くん！　結婚式引き出物個別営業って、ひょっとして挙式を控えた人のところに行って自分達の商品を引き出物にしてもらうように頼む仕事ってこと？」

「京香。お前、鋭いな」

悠斗は吐き捨てるように言った。

3

きっかけは社長の負けず嫌いの性格であった。式を挙げた新婦の両親は、悠斗の百貨店の大口顧客であり、また、悠斗の百貨店の社長とも縁のある人物だった。その披露宴に社長が列席したとき、引き出物がライバル百貨店の品であったのが社長の癪《しゃく》に障《さわ》った。そこで、社長は外商部内で結婚式引き出物個別営業担当を二人募った。それに応募したのが悠斗ともう一人の社員であった。

悠斗はまず、大口顧客や、政界、財界、著名人の中で百貨店の役員や従業員とゆかりのある人物のリストの作成に取りかかった。当該人物だけでなく、可能な範囲で家族構成のデータベース化にも着手した。

もう一人は、従業員がいつでも自分の友人、知人の結婚式の事前情報を悠斗達に送れるように社内のコンピューターシステムの構築に従事した。そうして二人の準備が整ったときが悠斗達の悪夢の仕事のスタートであった。

悠斗達は、日々、新聞やインターネットなどで著名人の異性交際に関する情報をくまなくチェックする。もしくは、表沙汰にはなっていない情報を特異なルートから買い取ることもある。同時に、従業員からも友人、知人の交際情報がコンピューターシステムを通じて上がってくる。

そして、いよいよターゲットの挙式が視界に入ったら、結婚式引き出物個別営業の出番である。元々百貨店とは無関係の人物ではないというその一点を拠り所に、引き出物の手配を仰せつかるわけだ。式を挙げる当人に営業をするケースが大半だが、時にはその両親を口説くこともある。

この結婚式引き出物個別営業が生まれたきっかけはともかく、結果的にはビジネスとして当たりであった。懇意にしている百貨店がそこまで頭を下げるならばと、悠斗の百貨店を指名してくれる人は少なからずいた。また、名士の挙式ともなれば列席者の数も多く、その列席者の中にもまた名士が多数いる。こうした人達は社会的な影響力が強いので、引き出物はどの百貨店のどんな品だった、といった何気ない発言は口コミ、時にはＳＮＳを通じて広がっていき、悠斗達は百貨店の売り上げにそれ相応に貢献していた。

「それは驚いたな。従業員の交際情報まで調べるなんて、もはやコンプライアンス違反じゃないか。百貨店はそんなことまでするのか。だけど、それで本当にみんな喜ぶのか？　悠斗には申し訳ないけど、俺だったらお前に営業に来られたらハタ迷惑だけどな」

悠斗の話を聞いた清明は嘆息し、コーヒーを口に運んだ。

「いや、普通はこんな営業はしないよ。やっているのは多分俺の百貨店だけだよ。二年ほど前に実験的に始めて、今のところ成果は出てるけど、清明、お前は正しいよ。もちろん、全員が喜んでくれるはずがない。そりゃあそうだろう。せっかくこれから幸せになろうってロマンティックな気分に浸っている人のところに行って、ビジネスモード全開で引き出物の営業なんかしたら、しらけたり、気分を害す人は少なくないさ。まったく、やり切れない気持ちになるよ」

清明と京香はカップに視線を落としていたが、二人とも言葉を返そうとはしなかった。その様子を見て悠斗が続けた。

「なあ、ビジネスってなんだ？　他人の幸せに貢献するのがビジネスじゃないのか？　少なくとも俺はずっとそう思って生きてきた。でも、今俺がしているのは、他人の幸せに寄生虫のように取り入って金を吸い取る仕事だ。本当に、俺はこんなことをしてていいのか？」

「確かに、これは『外商』がわかる、わからないっていう国語の問題じゃないな。むしろ道徳の問題だ」

清明が吐き捨てるのと同時に京香が疑問を口にした。

「でも、悠斗くんにそんな営業をかけられたら、そのお得意様は、確かに一時的には引き出物で売り上げに貢献してくれるかもしれないけど、その後二度と悠斗くんの百貨店で買い物はしてくれなくなるんじゃない？」

「そんなこと織り込み済みだよ。だから、商品券を贈ったり、子どもが生まれたらお祝いをあげたり、アフターフォローは万全だよ。それに、当人ではなく親が当店の大口顧客だったら親のほうに営業をかけるんだけど、この場合は意外にすんなり決まるから、当店に悪感情を抱かれる心配はほとんどないかな」

「ふーん」

「ただ、結婚する当人にしたら、親が営業の手に落ちて勝手に引き出物を決めちゃうんだから愉快じゃないよ。で、親子の不仲にまで発展することもあるけど、結婚式引き出物個別営業担当としては、そんな親子喧嘩なんか屁でもないのさ。当店の引き出物をお買い上げいただきありがとうございます、ってな感じさ。ハハ。ハハハ」

悠斗が自虐的な笑いを発したために、その場が結婚式どころかお通夜のような雰囲気になった。そんな空気を切り裂くように悠斗がさらに声を荒げる。

「なあ、もう一度言うぞ。ビジネスって他人の幸せに貢献することじゃないのか？　他人の幸せのおこぼれにあずかるような行為がはたしてビジネスと言えるのか？　仮にそれをビジネスと呼ぶとしても、楽しい仕事には程遠いな」

すると、京香が閉ざしていた口を開いた。

「悠斗くんの気持ちは痛いほどわかるわ。でも、世のサラリーマンは他人の幸福に貢献すべきだなんて、それは理想論じゃない？　それに、『楽しい仕事』って言うけど、実際に仕事を楽しんでいる人がはたしてどれくらいいるのか私には疑問だな。現実には、悠斗くんと同じように悲しい気分で仕事をしている人は少なくないと思うけど」

「確かに、京香の言うとおりだよ。でも、同類相憐れむじゃないけど、多くの人が嫌な仕事を我慢して働いている現実を思うと、最近なんかやるせなくてな。俺、この年になって気付いたんだ。この世は、悲しい仕事、悲しい人、そして悲しい出来事で溢れかえっているんだって」

4

どうにも冴えない雰囲気の中、清明が自分の出番だと覚悟を決めた。

「なあ、この世に『悲しい出来事』なんてあるのかな？」

「悲しい出来事？　そんなの山ほどあるじゃない。今の悠斗くんの話だって、私には十分悲しかったわ。なにか、人間の業《ごう》の深さというか、サラリーマンの悲哀というか……」

妻が夫に反旗を翻《ひるがえ》す。

「そう、まさしくそこだよ。京香、お前、今こう言ったよな。『私には十分、悲しかった』」

「うん、言ったけど」

「ということは、ほかの人にはその出来事は悲しくはないのかもしれない」

無言の二人を見て、清明はコーヒーをすすると思い出したかのように言った。

「そうだ。お前ら、『天国と地獄の話』って知ってるか?」


「地獄」と聞くと、誰もがこんな世界を想像するだろう。

全身焦げ付くような灼熱の世界。毎日目を覆うような拷問が待ち構え、飢えに苦しむ人々。

ところが、意外や意外。地獄には食べ物がふんだんにある。

長いテーブルの上には豪勢な料理が並び、その両脇に人々が座る。見ているだけでよだれが出るような、そのかぐわしい匂いで腹の虫がぐうぐう鳴るような、それはそれは美味なる料理。

目の前にそんな料理が毎日並んで、「一体これのどこが地獄なんだ」と思うであろう。しかし、そこには残酷な罠が待ち構えている。

その世界で人々は、箸を手に料理を口に運ぼうとするが、その箸は長さが一メートルもある。

当然、料理は口には入らない。豪勢な料理は、ますます焦燥感と空腹感を増幅させるだけだ。

これほどまでの拷問があるだろうか。

そして訪れる「絶望」。

では、一方の「天国」はどのような世界なのか？

長いテーブルの上に並ぶ豪勢な料理。その世界の人々が持っているのは、長さ十五センチの箸。もちろん、楽々と自分の口に料理を運ぶことができる。

と、もしこんな世界を想像したのならそれは間違いである。

実は、天国も地獄とまったく同じ世界。美味なる料理が置かれた長いテーブルの両脇に座る人々が持たされるのは、地獄同様に長さが一メートルの箸である。

しかし、それでも彼らは幸せだ。なぜなら、その箸で目の前の人の口元に料理を運んであげて、みんながおいしい料理を毎日たらふく食べることができるからだ。

彼らは「希望」に満ちている。

5

「なるほど。清明の言いたいことがわかったわ。同じ状況なのに、かたや地獄、かたや天国。要するに……」

京香の話は途中だったが、清明が言葉をかぶせた。

「そう。地獄とか天国とか、悲しいとか嬉しいというのは、その人の心の内面に過ぎないのさ。言い換えれば、この世に『悲しい出来事』も『嬉しい出来事』もなくて、あるのは『出来事』のみ、と言えるんじゃないか？」

「つまり、それが『悲しい』か『嬉しい』かを決めているのはその人の心であって、あくまでも主観の世界っていうわけか」

そう相槌を打つ悠斗に清明が続ける。

「雨が降れば憂鬱だ。でも、どこかにその雨を喜んでいる人もいる」

「……。そうか。人が結ばれる。さらには、そこには引き出物なんて風習があって、業界の通例にはない引き出物の個別営業なんて仕事を俺がやっている。だけど、これは単なる『出来事』で『悲しい出来事』ではない。『悲しい』のは俺の心の内面なわけか……」

悠斗はぼそりと呟くと、笑顔を作って続けた。

「だからといって、突然今の仕事が好きになるとは思えないけど、少し気持ちが楽になったよ。サンキュー、清明」

そう言って悠斗がコーヒーカップを持ち上げると、逆に京香が持っていたカップを置いて問いかけた。

「ねえ、悠斗くん。今の『仕事が好き』のセリフでふと思ったんだけど、悠斗くん、いないの？」

「いないって、なにが？」

「彼女とか、好きな人よ」

その質問に悠斗が狼狽しているのは明らかだった。今にも唇が「いるよ」と動きそうであったが、返事を待つまでもなく、その逡巡ぶりが「いるよ」と答えているようなものである。

「いるのね？　で、付き合ってるの、その人と？」

「え？　いや、付き合ってるというところまではいってないかな。というか、俺にはその人を好きになる資格はないような気がする」

「ちょっと、人を好きになるのに資格なんて関係ないでしょう。税理士や社労士じゃあるまいし」

「でも、会話が噛み合わないんだ。俺の気持ちがどこまで伝わっているのかもわからないし、向こうも俺をどう思っているのか、それもわからない」

「好きだって、ちゃんと伝えたの？」

思わず京香は悠斗に身を寄せた。この手の会話はやはり女心をくすぐるのだろう。

「ちゃんとは伝えてないかな。でも、それを匂わすような言葉を言ったことはあるけど……」

「で、相手の反応はどうだったの？」

せっかちに促す京香。

「まあまあ。それがよくわからない、って悠斗が言ってるじゃないか」

冷静に助け舟を出す清明。

「でも、もし悠斗くんの気持ちが伝わっているなら、なにかしら反応があるはずじゃない？恥ずかしそうにするとか、オブラートに包《くる》んだ言葉を返すとか」

「そうだよ。彼女はなにか言ってなかったのか？」

「なにか言ってたか？ うーん。言うには言ってた」

「なんて？」

再び悠斗は逡巡を始めた。その様子に清明も少し苛立ちを見せた。

「おい、悠斗。水くさいぞ。俺達仲間だろう。なに、恥ずかしがってるんだ。彼女はお前になんて言ったんだ」

悠斗は険しい顔でうつむいていたが、清明に促されてやっと口を開いた。

「二つの海がトラブルだった。そう言われた」

「二つの海がトラブルだった⁉」

異口同音に清明と京香が素っ頓狂な声を上げた。

6

「なんだそれ？　全然会話になってないじゃないか」

「だから、会話が噛み合わないって最初に言っただろう」

「でも、それだけ噛み合わないって、彼女いくつなんだ？」

「二十四だよ」

「うーん、ちょうど十歳下か。ちょっと年が離れてるな。となると、かなり価値観が違うのかな……」

「そう。その価値観の違い」

　そこで悠斗は、コーヒーを飲み干すと言葉をつなげた。

「たとえば、さっきの『出来事』の解釈じゃないけど、『転石苔を生《む》さず』と聞いたらどう思う？」

「それは、転職や引越しばかりしていたらお金が貯まらない。苔すら生えない、って意味じゃない？」

　京香が自分流の解釈を披露する。

「俺も同じ解釈だよ。でも、彼女の場合は違うんだ。同じ仕事ばかりしていたり、同じ場所にいつまでも留まっていると、苔が生えてしまう。人間は常に変化していなければならない。石は転がっていなければいけない。それが、彼女流のことわざの解釈さ」

「なんか、とんでもない価値観の違いね」

京香が吐息を漏らす。

「まあそうだね。少なくとも、安定を重視して大手の百貨店を選んだ俺とは正反対の価値観だよね」

「最近の二十四はみんなそうなのか？　俺達ってもう古い日本人なのかな。まだ若いつもりなんだけどなあ」

言って、首をひねる清明に悠斗が返した。

「確かに、彼女は断じて古い日本人じゃないよ」

「じゃあ、何人なんだ？」

清明が冗談めかして尋ねると、悠斗は即答した。

「自由人さ」

「それはともかく、『好き』と意思表示をした相手に対して、ふざけた返答をするはずがないわ。二つの海がトラブルだった。これにはきちんとした意味があるはずよ。その言葉の中に絶対に彼女の真意が隠されているはず」

京香は、そう言うと思案顔になったが、清明は浮かない表情で、だが言わなければならないと覚悟を決めた瞳で口を動かした。

「ごめん、悠斗。言いにくいけど、多分お前ふられたんだよ。随分と意味深な受け答えだけど、『トラブル』という言葉がどうにも引っかかる。『二つの海』。これをお前とその彼女だとしよう。そして、二人の間にはなにかしら解決不能な『トラブル』がある。要するに……」

清明はそこで一度言葉を切ると、声量を一段上げた。

「私はあなたとはお付き合いできません。それが彼女の回答なんじゃないか？」

「いや、謝ることはないよ。実は、俺もそう思ってるんだ」

「ちょっと。本当に彼女とトラブルがあったの？　だとするなら、逆に言えば、悠斗くん、彼女とすでにデートくらいはしてるってことよね？」

京香の質問に首を縦に振ると、悠斗は補足した。

「二回、デートしたよ。でも、俺、自分の意思を思うように伝えられなくて。それに、彼女の意思を理解できた自信もない。彼女は、その『意思の不一致』、もしくは『価値観の相違』を『トラブル』と言ってるんだよ、きっと」

「で、そんな人とはお付き合いできません、ってことか」

「ちょっと、清明。彼女はそこまで言ってないでしょう。あくまでも、トラブルだったと言ってるだけで、本当の気持ちはわからないじゃない」

京香は、清明の配慮に欠けた発言を慌ててたしなめると、悠斗に力強いまなざしを向けた。

「ねえ、悠斗くん。これ以上、あれこれ考えていてもしかたないわ。あなた達の会話、まるで古代ギリシャの哲学者みたいじゃない。もっと明瞭な言葉でお互いの気持ちをはっきりと伝え合うべきよ」

そのとき、清明は新たな疑問に直面したようだ。

「なあ、お前と彼女の距離感を知りたいんだけど、お前、その彼女をどう呼んでるんだ？　苗字か？　名前か？　それともニックネーム？」

「え？　ナナって呼んでるよ」

「へえ。可愛い名前じゃない。どんな字を書くの？」

質問者が京香に移ったとき、まったく別の声がした。

「あの、お会計、よろしいでしょうか？」

見ると、革製の茶色い伝票受けを持った店員がテーブルの横に立っている。

「なんだ。謎解きをしていたらもうこんな時間か」

清明は、クレジットカードを店員に手渡しながら悠斗に念押しをした。

「いいか、悠斗。京香の言うとおりだ。きちんとナナさんの気持ちを確認するんだ。悩んでいたって解決しないだろう」

悠斗は、懇親の力で唇の端を吊り上げながら首肯した。そして、その笑顔を保ったまま店内を見渡すと、清明に軽く礼を述べた。

「今日はサンキューな、清明。こんなお洒落な店でご馳走になっちゃって」

「礼はいいよ。その代わり、課長になったら今度はお前が奢れよ」

7

十六階から上が一回り膨らんでいるこん棒のような独特の形状。都内の一等地にあるその高層ビルは、「サクセス・ヘキサゴン」と呼ばれていた。実際、クリーム色のその六角形のビルに入居しているのは、会社にせよ、病院、エステティックサロン、スポーツジム、レストランにせよ、それなりの年商を誇る成功者だけである。

悠斗はエレベーターに乗ると、「40」まであるボタンを写真を撮るように俯瞰し、お目当ての「7」を探し当てた。そのボタンを軽く指先で触れると、高速エレベーターが上昇を始めた。

エレベーターが開くと、右斜め前に大きなガラス扉が見えた。扉の前には、大小さまざまな白い丸が描かれた赤いカーペットが敷かれている。噂によると、幾多もある白い丸は、一つひとつが個々の人生を具現化したものらしい。センス溢れるデザインのカーペット。悠斗はその赤を見て、ふと先日のあの店を思い起こした。アメリカの片田舎の家を想起させるあの店を。

そして、カーペットの中の一つの人生を無造作に選んで体重をかけると、自動ドアがかすかな音とともに開き、受付の姿が視界に入った。もっとも、悠斗はここに来るようになって三か月が経つ。彼女とは目と微笑だけで挨拶を交わして奥に歩みを進めた。

しかし、時間まではあと三十分ある。職場での用事が長引いて遅刻の線が頭をよぎった悠斗は、電車はやめてタクシーで駆け付けたのだが、結果として逆に早く着き過ぎてしまった。悠斗は待合室に入ると、バッグから仕事の資料を取り出して、一枚、また一枚と目を走らせた。

〈このプロジェクトは絶対に成功させないとな……〉

悠斗が、自分がいる場所も忘れて資料を食い入るように読んでいると、その姿を見つけた事務員が慌てて駆け寄ってきた。

「佐久間《さくま》さん。携帯には何度もお電話を差し上げたのですが……。留守電をお聞きにならなかったんですね？」

悠斗を苗字で呼んだ事務員は、明らかに困惑していた。

実は、その日の午後、悠斗は大きな事態に直面していた。

「ちょっと、一緒に役員室に来てくれないか」

上司の呼び出しを受けた悠斗は、何事かと緊張の面持ちで彼と一緒に役員室に向かったが、途中でズボンのポケットの上から硬いものに手が触れた。

〈まずい。ポケットにスマホを入れたままだ〉

悠斗は、上司に気付かれないようにこっそりとスマートフォンを取り出すと、電源を切って再びポケットに忍ばせた。

「佐久間くん。さあ、辞令だ」

役員の口からは、課長への昇格が告げられた。悠斗の夢が叶った瞬間であった。

今の会社に入ってすぐに、いつかはマネージメントの職に就きたいと願い、またそうなるように努力は惜しんでこなかった。誰もが嫌がる結婚式引き出物の個別営業。だが、悠斗は、誰もが嫌がるからこそ自ら進んで名乗りを上げた。それも課長になるためだ。ときに、人生の晴れ舞台を控えた人の幸せな気分に水を差してしまうこともある。でも、その経験も課長になったときに必ずや肥やしになるに違いない。悠斗は、そう自分を鼓舞し続けた。

〈とにかく現場を知ることだ。特に、辛い現場ほどよくわかっていなければ、将来上に立ったときに下の者の気持ちが理解できない〉

清明が大学時代によく言っていたセリフがある。

「俺は、口ではなく背中で語る人間になりたい」

いつしかそれは、悠斗にとっても座右の銘になっていた。

そして今日、悠斗に十三名の部下ができた。

8

悠斗は、スマートフォンの電源を切ったままにしてあったことを思い出した。

「すみません。携帯、つながりませんでしたよね？」

悠斗は、しくじったという表情でスマートフォンの電源を入れながら資料をバッグに戻すと、事務員に用件を訊いた。

「で、なにがあったんです？」

「すみません。ソフィアが熱を出しまして、今日、急遽休みをいただいているんです。それを佐久間さんにお伝えしようとお電話したんですが……」

「じゃあ、今日は休講ということですね」

「はい。誠に申し訳ございません。団体のレッスンでしたら学校がカリキュラムを組みますのでほかの講師が代役をさせていただきますが、佐久間さんは個人レッスンですので進捗を把握できているのはソフィアしかいませんので……」

深々と謝罪する事務員に、むしろ自分が恐縮してしまい、彼女に頭を上げるよう悠斗が促していると、その様子に気付いた二人組が怪訝な表情で近付いてきた。

「なにがあったんです？」

その問いかけの方向に目を向けると、事務員は思わず高声を出した。

「あ！　代表！　副代表！」

それを聞いて、悠斗も声を上げそうになった。

〈この人達が代表と副代表⁉　わ、若い……。俺よりも若いんじゃないか？〉

思案に余る状況に悠斗が途方に暮れている間に、事務員は代表に事の顛末《てんまつ》を告げた。そして、事情を理解した代表から陳謝の言葉が述べられた。

「当日にキャンセルだなんて、本当に申し訳ございません」

「いえ、いいんです。ナナ、いや、ソフィアが急病じゃしかたないです。携帯に連絡をもらっていたのに、留守電も聞かなかった僕が悪いんですから」

「あれ？　佐久間さん。今、『ナナ』って……」

「あ、すみません。あの、ニックネームです。ソフィアの」

代表達二人は、束の間顔を見合わせたが、すぐに副代表が悠斗に語りかけた。

「あの、お時間は取らせませんので、ちょっと執務室のほうによろしいですか？」

代表を横に、しかし指示も仰がずに悠斗を誘う。その様子から、彼らはフィフティ・フィフティの関係であり、また、以心伝心の間柄であることがうかがえた。一方の代表は、事務員にコーヒーを三人分、執務室に運ぶように命じた。

9

「先ほど、ソフィアのことを『ナナ』と呼んでいましたよね」

彼らと向き合いながらも、その実《じつ》、代表と副代表の年齢が気にかかっていた悠斗は、副代表の質問で我に返った。

〈なぜ、この人はソフィアのニックネームにそんなにこだわっているんだろう……〉

副代表の瞳を見れば見るほど、逆に悠斗は理解から遠のいていった。

ソフィアをニックネームで呼んではいけないんですか？

舌の先まで言葉が出かかったが、悠斗はそれを飲み込んだ。別段、副代表は不機嫌な様子もなく、その端正な顔からは白い歯がこぼれていたからだ。副代表の隣に座った代表も笑みをたたえている。

「もしご迷惑でなかったら、彼女を『ナナ』と呼ぶようになったいきさつを教えていただけませんか？」

今度は、代表から質問が投げられた。極めて瑣末な問題に思えてならないが、こうして執務室にまで案内されているのだ。質問には答えなければならないだろう。

「彼女、このスクールに来た七番目の講師なんですよね？」

対面の二人は揃ってうなずいた。

「だから、私のこと『ナナ』って呼んで、って言われて」

「それはいつ？　どこで？」

尋問めいてきた問いかけに心持ち気分を害した悠斗は、つい深慮もせずに返答してしまった。

「初めてデートしたときですよ」

「デート⁉」

二人が驚きながらのけぞる。そのリアクションで、悠斗は自ら発してしまった言葉に動揺し、慌てて釈明を試みた。

「いえ、その、デート……、ではないです。ただ、一緒に食事をして……」

「食事をして？」

副代表は、悠斗を覗き込むとおうむ返しをした。

「ただそれだけっていうか……。あ、すみません。そのときお酒も飲みました。って、ちょっとだけですよ」

悠斗は完全にパニックに陥っていた。このスクールでは、講師に生徒との交際を禁じているに違いない。にもかかわらず、ソフィアは悠斗と食事に出かけている。実は、その後もう一回、計二回、食事をしている。

〈二回の食事。こういうのを「デートを重ねる」と言うんだろうか？　いや、そもそも、講師は生徒との食事くらいでクビになってしまうのか？　でも俺、二度目の食事の帰りにナナを自宅まで送って行ってるよな。しかも、そのときに、部屋には入っていないとはいえ、自分の好意を伝えている。まあ、伝わったかどうかはわからないけど……〉

しかし、悠斗には自嘲する余裕も苦笑するゆとりもなかった。

〈そんなことは関係ない。いずれにせよこの状況はまずい。ナナがクビになってしまう〉

悠斗は覚悟を決めた。コーヒーカップを横に置くと、テーブルに両手と額をつけた。

「すみません！　もう軽率なことはしませんので、ソフィアの解雇だけは僕に免じて……。お願いします！」

10

二人は多くを知っていた。

ソフィアと生徒が「デートを重ねて」いることを。

食事した回数は二回であることを。

一度目の食事のとき、酔った勢いでソフィアが自分を「ナナ」と呼んでくれ、日本人っぽいニックネームが欲しい、と頼んだことを。

ソフィアを「ナナ」と呼ぶのはその生徒だけであることを。

二度目の食事のとき、ソフィアが赤を基調としたアメリカの実家の写真を見せたことを。

それを見た生徒が、「アメリカの片田舎の家は素敵だね」と感嘆したことを。

その食事のあと、生徒がソフィアを自宅まで送り届けたことを。

しかし、部屋には上がっていないことを。

〈まったく。この二人、人が悪いというか、冗談の度が過ぎているというか。おかげで、寿命が縮んだよ〉

「意地悪してごめんなさい。まさか、佐久間さんがそこまで慌てふためくなんて、思いもよらな……」

そこまで言うと、代表は笑いをこらえ切れずに吹き出した。しかたなく、代表がそのあと口にしていたであろうセリフを、副代表が白い歯を見せながら引き取った。

「でも、十三名の講師の身の安全を守るのもスクールの使命なんですよ。だから、もちろん生徒との恋愛禁止なんて野暮な規則はありませんし、真剣な交際であれば私どもも大歓迎ですが、一応講師の身をあずかる者として細心の注意を払っているつもりです」

〈講師が十三名……。そんなにいるのか。きっと、生徒数も多いんだろうな。って、だからサクセス・ヘキサゴンに入居してるんじゃないか。この二人、相当なやり手に違いない。この若さで……〉

同時に、悠斗は「十三名」の響きに親近感を覚えた。課長になる悠斗の部下と同じ人数である。

さらに、副代表が続けた。

「ただ、私どもは、ソフィアの食事相手がソフィアを『ナナ』と呼ぶ男性であることは知っていましたが、どの生徒さんかまでは知らなかったんです」

「ソフィアが教えてくれないんですよ」と代表が補足した。

「そうしたら、佐久間さんが待合室でソフィアを『ナナ』と呼んだ。それで、ソフィアの食事相手が佐久間さんと特定できたというわけです」

〈なるほど。だから、俺を執務室に呼んだのか〉

「それより、お答えは差し支えのない範囲でかまわないのですが、ソフィアと佐久間さんは、もう真剣な交際をなさっている仲との認識でよろしいんでしょうか？」

やはり、他人の恋愛沙汰は好奇心をくすぐるのだろう。興味津々の笑顔で代表が尋ねる。

〈これは、考えようによってはチャンスかもしれないぞ。今の俺の英語力では、ナナに気の利いた告白すらできない。「I love you」じゃダサ過ぎるもんな。それに、ナナの気持ちもわからない。なんたって、俺からの告白に対する返事が「二つの海がトラブルだった」だもんな……。決めた。ここは、代表に相談してみるか〉

居住まいを正すと、悠斗は声を発した。

「それが僕にもわからないんです。正直に言います。僕はナナを愛しています。そして、婉曲的な表現ですが、自分の気持ちは伝えました」

「そうしたらソフィアはなんて？」

代表は、高揚感を抑え切れずに身を乗り出した。まるで、恋愛話に花を咲かせる高校生だ。

「うーん。そうだ。ちょっと待ってください」

悠斗は、バッグからペンを取り出すとそれを走らせた。

「これがナナの返事でした」

――Two sea was trouble――

11

二人は、ノートを見ながら固まった。意味が理解できていないのは明白だった。

「あの、代表。代表でもわからないんですか？」

「佐久間さん。『代表』なんてよそよそしい呼び方やめてください。そういえば、自己紹介がまだでしたわね」

そう言うと、代表は立ち上がって右手を差し出した。

「私、星野菜々美と申します。『星野』で結構ですよ」

続いて、悠斗も起立した。

「では改めまして、佐久間です。佐久間悠斗です。百貨店に勤務しています。このスクールには三か月ほど前からお世話になっています。当店は外国のお客様も多いので、いずれ課長になったら英語が必要になると思ったのが動機です」

悠斗は、星野と握手を交わしながら、その「いずれ」が今日、現実のものとなったことまで告げようかと考えたが、そこは言葉を飲み込んだ。

「で、私が副代表の道塚浩二です」

悠斗は、続いてソファーから腰を浮かせた道塚の手を握った。

道塚は、握手を終えるときに、スクール名の「ロードスター」は、道塚の「道」と星野の「星」を合体させたものだと、思わぬ由来を披露した。

「へえ、それはいつの話ですか？」

「およそ三年前です」

即答した星野を、悠斗は驚愕の表情でじっと見詰めた。

「たった三年でこんな大きなスクールに！」

「いえ、それほどではありませんが、おかげさまで約三年でここまで来れました。もっとも、名前が『ロードスター』ではなくて、私の名前を最初に持ってきて『スターロード』にしていれば、今頃、この七階の全フロアーがスクール教室になっていたと思います」

頬を緩めて冗談を飛ばす星野を、道塚は右肘で小突いた。

「いや。いっそのこと、『スター』を取っちゃって、私の道塚の『道』だけで、スクール名を『ロード』にしておけば、このビルの一階から四十階まで全部スクール教室になってましたよ」

その一言に星野は腹を抱えて爆笑し、やがて道塚もそれに続いた。よほど気が合うのだろう。そして、たった三年でスクールをここまで急成長させた陰には、二人にしかわからない苦労と強い動機があるに違いなかった。

そして、道塚が口を開く。

「あ、蛇足ですが星野は近々苗字が変わるんですよ」

「え！　それでは、お二人はご結婚……」

「いえ、私ではありません。星野の恋人は著名な数学者で。『エミリー・テイラーの最終定理』ってご存じですか？」

「いえ、初めて聞きます」

「星野の恋人がその最終定理を解いたんですよ。もう、数学界ではフィールズ賞確実って大騒ぎ……」

「道塚くん。その話はいいから。それよりも、ソフィアのこの返事よね。『Two sea was trouble』。ねえ、道塚くん。英語にこんな格言あったっけ？」

「いや、俺もわからないな。『二つの海がトラブルだった』ってなんだろう……」

二人は一分ほど思案していたが、星野が先にギブアップした。

「ねえ、道塚くん。ソフィア、急病といったって話もできないほどじゃないわよね」

「そりゃあ、声くらいは出るだろう」

「決めた！　私、今からソフィアに電話してこのフレーズの意味を訊いてみる」

そう言うが早いか、星野はスマートフォンを取り出すと、手際よくソフィアに電話をかけた。

道塚は、代表といってもまだまだ女の子なんですよ、と言わんばかりに、悠斗の顔を見ながら苦笑すると両肩をすぼめた。

12

「道塚くん、佐久間さん。わかったわよ、ソフィアの返事の意味が」

「え⁉　本当に？」

道塚と悠斗は、揃って驚きの声を上げた。

「佐久間さん。ちょっと、このノートに一文書いてもいいかしら？」

「あ、はい、どうぞ」

星野は悠斗の了承を得るが早いか、ノートの上でペンを走らせた。

「ほら、見て、道塚くん。これが、佐久間さんの告白に対するソフィアの返事」

それを見た道塚は、しばらく呼吸が止まるほどの笑い声を発した。

「なるほど。そういうことだったのか」

主役のはずの悠斗は、一人ぽつねんとしている。

「佐久間さん」

やっと笑いの収まった道塚が顔を上げた。

「はい？」

「佐久間さん、ソフィアの返事は耳で聞いたんですよね？　筆談じゃないですよね？」

「それはもちろん、会話ですから」

「だったら、当校でソフィアにもっとしごいてもらってください」

そう言うと、道塚は笑顔でノートを悠斗の前に差し出した。

「これが、佐久間さんの告白に対するソフィアの返事です」

その一文を見て、悠斗はまず訝しんだ。次に、そのフレーズを言葉にしてみた。それで合点がいった。こらえ切れずに喜びが爆発した。

「なんだー。僕のヒアリング、まったく駄目ですね」

「ええ。失礼ながら、まだまだみたいですね。もっとも、原因の根本は読み書き偏重の学校教育だと思いますが」

星野は、愛情のこもった皮肉で悠斗を祝うと、閃《ひらめ》いた表情を見せた。

「そうだ！　佐久間さん。今からソフィアの家に看病に行ってはいかが？」

「お、それ、いい考えだ。佐久間さん、二度目のデートのときにソフィアの自宅に行ってますよね。場所は大丈夫ですよね？」

「ええ。まあ、場所はわかりますが……」

「わかりますが？」

道塚は、先ほどしたように、悠斗を覗き込んでおうむ返しをした。

「その……。ナナの気持ちがわかったら、逆に混乱、いえ、緊張してしまって。ただでさえ僕の英語力では心もとないのに、今の心境ではますます英会話がしっちゃかめっちゃかになっちゃいそうで……」

「そんなの大丈夫ですよ。いざとなればボディーランゲージでも筆談でも。ね、道塚くん？」

星野の問いかけに、道塚は勢いよく同意のうなずきをした。その姿が悠斗を決心させた。そもそも、二人に言われなくても、今一番ナナに逢いたいのは自分である。

「わかりました。行ってきます。会話もなんとか頑張ってきます。その代わり、今から言う二つだけ、そのノートに英語で書いてもらえませんか？　これだけはミスコミュニケーションがないように正確にナナに伝えたいので」

「ええ、お安いご用だわ」

「一つは……」

星野は、ペンを持って構えた。

「俺、課長に昇進したよ。夢が叶ったんだ。これからは十三人のリーダーだよ」

星野の右手が動く。

「もう一つは？」

「同じ会社で長く頑張る人生だってある。それでもチャレンジはできるし、それに愛する人さえいれば苔なんか生えない。転がらない石も悪くないいんじゃない？」

13

悠斗は、ナナの自宅に向かうタクシーの中でシートに背中をあずけ、高鳴る鼓動に身を任せていた。まだまだ明かりの灯る高層ビル群が後ろに流れ去っていく。この無数の照明は、日本人の勤勉さの無言の代弁者だ。

〈そういえばナナは、勤勉な日本のビジネスパーソンが大好き、って言ってたな〉

そのとき、タクシーは日中のように明るい大通りの交差点で信号につかえた。光が供給されて、車内も手元がくっきりと見えるまばゆさだ。

〈今日こそは素直に言おう。「I love you」と。直球を投げるんだ〉

悠斗は、バッグからノートを取り出すと、先ほど星野が電話口で聞いてノートに書き写した一文に目を落とした。そのセンテンスこそが、悠斗の婉曲な愛の告白に対するナナの返事であった。

〈清明。お前にとっての京香のような存在が俺にもできるかもしれないぞ〉

悠斗は、感慨深く天を仰いだ。そして、小さく声を漏らす。

「『Two sea was trouble』なんて、俺もとんでもない聞き違いをしたもんだな」

悠斗は、再びノートを見詰めた。こみ上げる喜悦で胸中が満たされる、ナナからの返事を。


――To see you was to love you――


会ったとたんに一目惚れ。

次の交差点を左に折れれば、ナナが待つマンションだ。

大村あつし（おおむら・あつし）

作家・ITライター。ITライターとしてデビューし、2005年に出演したテレビ番組で「過去10年でもっとも成功したITライター」と称されたが、2007年に『エブリ リトル シング』（ゴマブックス）で小説家としての活動も始める。その『エブリ リトル シング』は20万部のベストセラーとなり2回舞台化された。IT書籍は60冊以上上梓しているが、現在は小説も精力的に執筆している。主な小説に『マルチナ、永遠のAI。〜AIと仮想通貨時代をどう生きるか』（ダイヤモンド社）、『しおんは、ボクにおせっかい』（KADOKAWA）、『無限ループ』（講談社）などがある。

エブリ リトル シング
夏休みのキセキ

著者　大村あつし
編集人　栃丸秀俊
発行人　倉次辰男
発行所　株式会社主婦と生活社
〒104-8357 東京都中央区京橋3-5-7
Tel 03-5579-9611（編集部）
Tel 03-3563-5121（販売部）
Tel 03-3563-5125（生産部）
https://www.shufu.co.jp
製版所　株式会社公栄社
印刷所　大日本印刷株式会社
製本所　小泉製本株式会社
ISBN978-4-391-16274-5